Anybody Shining

无人知晓的心愿

[美] 弗朗西丝·奥罗克·多维尔 / 著
邸笑飞 / 译　么么鹿 / 绘

GUANGXI NORMAL UNIVERSITY PRESS
广西师范大学出版社
·桂林·

无人知晓的心愿
Wu Ren Zhixiao de Xinyuan

出版统筹：汤文辉
策划监制：柳　漾
编辑总监：周　英
项目主管：孙才真
责任编辑：陈诗艺　宋潇潇
封面设计：李　坤
美术编辑：邓　莉
责任技编：李春林

图书在版编目（CIP）数据

无人知晓的心愿 / (美) 多维尔著；邸笑飞译；么么鹿绘.
桂林：广西师范大学出版社，2016.1（2020.7 重印）
（魔法象. 故事森林）
书名原文：Anybody Shining
ISBN 978-7-5495-7693-7

Ⅰ. ①无… Ⅱ. ①多…②邸…③么… Ⅲ. ①儿童文学－长篇小说－美国－现代 Ⅳ. ①I712.84

中国版本图书馆 CIP 数据核字（2015）第 306518 号

广西师范大学出版社出版发行
（广西桂林市五里店路 9 号　邮政编码：541004
网址：http://www.bbtpress.com）
出版人：黄轩庄
全国新华书店经销
广西广大印务有限责任公司印刷
（桂林市临桂区秧塘工业园西城大道北侧广西师范大学出版社集团有限公司创意产业园内　邮政编码：541199）
开本：880 mm × 1 240 mm　1/32
印张：5.75　　字数：92 千字
2016 年 1 月第 1 版　　2020 年 7 月第 4 次印刷
定价：29.80 元

书评

世人无人曾知晓我的玫瑰

匙河/浙江师范大学动画系副教授

丰厚的内心往往有个大大的空洞需要填补，就像一座山谷，可以容纳水、树、鸟、岩石……却只听到自己的回声，难免寂寞。生活在北卡罗来纳州岩石角的女孩阿里·梅是寂寞的。她12岁，正站在连接两个世界（大山与外界、童年与成年）的门槛上，抱怨身边的孩子不是太大就是太小，或者特别无聊。实际上，她既不知如何保存已有的，也不知如何接纳未知的，但渴望长大、渴慕友情的心正如老歌里唱的，“五月美好的日子哦，绿色的嫩芽在膨胀”。好在她不必总是臆想自己离家出走，找只熊结婚；或者扒火车，沿着山脉一直走向城市……并非只有“在路上”才能环游世界，在我们身边，就有一个满满当当的世界，足够我们用一生来探索。阿里·梅选择给素未谋面的远方表妹卡罗琳（卡罗琳是小姨的女儿，小姨年轻时离开大山远嫁罗利市，再没回来过）写信，以期赢得一份丰厚的友谊。

写作是青春期少女最为明智的选择，它使内心的山谷不断地回旋着风声——经历与回忆，观察与想象，难能可贵的自省与批判，将如丰盈的山水甚至尖峭的悬崖，在晨光中一一显影。写第一封信时，阿里·梅就像个运筹帷幄的将军，坐镇词语的战场，“各种词儿全都涌了出来……我的笔端有成百上千的故事……”比如，九岁那年我梦游时总从窗户往屋顶上爬，但一次都没摔下来；威尔·梅康用面粉袋子装了只活鸡去教堂聚会……絮絮叨叨的，可这就是生活，在失去时尤其令人眷恋的生活。还有，东海岸的女人有着黑夜般的皮肤，会对人下咒；有人在山洞里迷了路，再也出不来，就变成鬼魂；死于高烧的奥兹·奥德姆总在树林里游荡，穿着白裙子，全身闪闪发光……神神叨叨的，如鬼火闪闪烁烁，却并非贫瘠的迷信。还有，从毛毛虫身上的条纹预测冬天有多冷，棕色的条纹更宽意味着暖冬，黑色的更宽则预示着大雪；一只黑熊幼崽站在小溪边，静静地注视着我们，就像所罗门王一样庄严而聪慧；山里到处是开着白花的月桂，叶子长年绿着，闪闪发亮……乡野里的一切都充满闲趣与灵性，而记录它们的文字也像是带着“刚刚劈开的木头的清香”。

“谁能拒绝一个讲有趣故事的女孩？”可是表妹一直没有回信。但阿里·梅说过，“自从开始给你写信，我对每天生活中发生的事情观察得仔细多了”。这个尚未现身的隐含读者已如地底的暗流，有力地推进着作者的叙事，让她贪婪地消化生活中的一切养分。并且，“给你写信就好像在傍晚光线昏暗时分，只有邻居家走廊上亮着一盏小灯时，和朋友一起分享秘密”。这样的秘密又催化着一个新鲜的自我。因而，阿里·梅已不自觉地成为一个自觉的叙述者，以笔端的丰富与耐性延续着执着的自白——写作已成为一种无需回应的习惯，造福于我们这些身处事外的读者。“我会用一辈子的时间不停地给你写信，如果只有这样才能表达我们是亲人、我们应该成为最好的朋友的话……”这近乎誓言的心声始于一股被了解和了解、敞开自己和怀抱他人的强烈渴望，这种渴望会把自我和周边的世界一并层层剥开，展露其间真实的内核，愉悦的悲哀的，美丽的丑陋的。

皮特曼和凯勒女士从城市来到大山，创建了定居点学校以帮助“生活艰难”的当地人。她们教人编篮子、做椅子，希望保持悠久的手工艺传统，而拒斥商店里的成品，因为那是“堕落的标志”；她们采集民谣，把歌声录制在蜡质唱碟中，而鄙夷收音机里“既花哨又庸俗、充斥着廉价的爱情”的流行音乐，并否定外来的小提琴和班卓琴；人们热切地盼望着谷仓舞会，以将自己从单调的俗事中释放出来，她们却和神父一样认为这将导致罪恶……显然，在帮助者和被帮助者、外来人和当地人之间产生了不太愉快的文化冲突。爸爸和妈妈的一段对话尤为鲜明：

爸爸：“他们到这儿来，就是想把我们的生活变成他们喜欢的样子……”

妈妈：“他们是在保存我们的生活方式……”

爸爸：“他们喜欢我们按照一百年前的样子生活，不喜欢我们像现在这样生活，好像我们就该一直活在过去一样。”

皮特曼女士她们肩负神圣的“文化使命”，希望把过去的乡村生活博物馆化，保持它静止不变的封闭性，以适于局外人观赏，这就如保持一个甜蜜、驯顺、静态的童年，以供成

年人缅怀一样。然而谁能如此自高，去辖制生活本身的静与动？得以延续至今的文化自有它的生存之道。古希腊神话中的普罗透斯可以任意变形为熊、狮子、龙、水、火等，只有被缚时才现出自己的原形。传统即如原形，但绝不受制于这单一的定形，而仍拥有接触外界、相互交融、始终更新、不断变形的自由和活力。

另一个问题则是文化优越感。皮特曼女士向外界筹款时写信说："简直不能相信人们这样子生活，生活在这样的无知和肮脏之中。"可怕的是这不符合事实。正如敲门说要"来拯救我们灵魂"的传教士，这种赤裸裸的歧视和自得的帮助造就了一种真正封闭的自以为是的幻象，也让我们看到一种有趣的反讽：她们"想方设法让我们的生活变得更好"，爸爸则觉得"我们这儿的生活好得很，没啥好改进的"。两者之间的冷淡与疏离同样反射在孩子们身上：在野餐会上，山里的孩子在草地上东奔西跑；外来考察者，巴尔的摩的孩子，"则站在一旁，瞪着眼看着，仿佛在看一场演出。"两者的打扮、神情，甚至饮食习惯似乎都成了悲哀的隔阂，所谓优雅的举止与粗朴的游戏又使文明与野蛮形成了俗套的对比。露丝甚至用"原始"来形容岩石角，并认为远嫁此地的萨里女士必定无法跟当地人聊天，因为彼此差距太大。用半是怜悯半是猎奇的眼光打量一个"贫穷""落后"的世界，不知道也不承认当地人生活的意义和乐趣，那么这些仁慈的帮助者们将永远只是隔靴搔痒的局外人，并且损害了个人和族群共同的尊严。阿里·梅忍受着"心底深处涌出来的那股耻辱"，她希望从不回信的表妹"可以发自内心地重新考虑"（小姨已头也不回地离弃了自己的故乡和传统），而不同样堕入简单、粗暴的刻板印象。

那么阿里·梅如何应对这种背离初衷的文化干预？面对露丝的骄横，她说："但她代表不了所有人啊！"她绝不将偏见如炭火一样堆到某个群体头上，而会冷静又诚挚地思考。她相信皮特曼女士开办学校是因为爱生活在这里的人们，"我只是不明白，爱就够了吗？"没有发自内心的理解与尊重、接纳和体恤，爱只是所言不实的自我满足。从疑惑到愤懑到宽容，阿里·梅毫不含糊地经历了人格的成长，在对自己和他人的审视中获得了清醒的自尊与乐观："我们知道我们拥有很多财富……尽管我们一贫如洗。"而爸爸也表达了同样的自知与自足："她觉得我们的生活没达到世界普遍的标准，也可能是对的。不过这有什么好担心呢？只要我们达到了自己的标准就好。"

世人无人曾知晓我的玫瑰，
除去我自己……
我有过极大的荣誉。
别人却在内心里不需要
那样的荣誉。

田纳西·威廉斯的《玫瑰黥纹》，很可以用来形容这种隐忍的尊严。但玫瑰终要绽放。阿里·梅得到了一位珍贵的朋友，巴尔的摩来的汤姆，尽管他走起路来一歪一扭，"但全身闪着光芒"；皮特曼女士和他们一起跳舞，并为那封信道歉；表妹也回信了，这让阿里·梅更加笃定："人们需要点时间来彼此了解，你要给别人讲你的故事，也要聆听别人的故事，来来回回、来来回回的，直到有一天，你们成为真正的朋友。"在缓缓绽放的同时，阿里·梅始终不拒绝去触摸外边那个世界的容颜，因而，真正闪闪发光的是诉说不倦的她自己。而个人的、族群的记忆与荣耀，都是绽放中的玫瑰，其光芒无法让人忽视的玫瑰。

目录

Anybody

第1封信

Shining

亲爱的卡罗琳表妹：

几天前的早晨，我跟妈妈说，如果再交不到朋友，我只能离家出走，找只熊结婚。这边的山里有好多好多孩子，可他们都做不了我的朋友——不是年龄太大，就是年龄太小，或者是特别无聊。

生活太不公平了！詹姆斯有威尔·梅康做朋友，他有趣又爱捣蛋；露西尔的朋友伊瓦迪虽然比她小一岁，但是看起来跟她一样大，巴不得整天玩过家家和扮老师的游戏。虽然小约翰还是个婴儿，没到交朋友的年纪，但是我知道他长大后一定会有一堆朋友，而那会儿，我可能还孤零零地坐在门廊上，有一大堆话想讲，却不知说给谁听。

作为一个生活在大山里、渴望交朋友的十二岁女孩，生活真是太不顺心了。

跟妈妈说这件事情会很麻烦，她总会让你后悔告诉了她。听了我的话，妈妈会说："你有个表妹住在罗利市，你俩该交个朋友。作为表姐妹，竟然不认识对方，那真是太遗憾，也太不应该了。"

妈妈说这话时，爸爸正坐在桌子旁边，给老丹的马具打绳结。他看了妈妈一眼，说："爱迪，她俩互不相识，是因为你妹妹不想和我们有联系，也不想她的孩子和我们的孩子有什么关系，这话虽然不中听，但实际上就是这么一回事。"

妈妈一听，立马哭了起来，一边抽泣一边抱怨说，自己是个孤儿，爸爸和妈妈过世得早，唯一的妹妹还离开大山，嫁到罗利市，给有钱的医生当太太去了。

我看到事情成了这样，就知道再待在那儿也没什么用。于是就去了前廊，那是我想安静思考的时候最喜欢待的地方。我坐在台阶上，想着该怎样和从未见过的人成为朋友。我觉得这事不太可能，尤其是那人的妈妈还强烈反对。

真的是这样吗，卡罗琳表妹？你妈妈真的不愿让我们相互认识吗？我从没听说过有人不想认识我。我保证我非常想认识你。

我想我们需要弄清这个问题。

就这样，我萌发了给卡罗琳表妹写信的想法。这个主意

冒出来时，我正在院子里喂鸡，很高兴不用待在屋里，因为在厨房忙碌的妈妈脸上仍然阴云密布。

要是我们没法逗妈妈开心，全家人都会生活在煎熬中。

我有种强烈的感觉——如果我能见到表妹，并且能和她成为最好的朋友的话，妈妈一定会开心起来的。也许我应该骑着老丹偷偷跑去罗利市，问题是老丹并不擅长跑路，它脑海里自有一套该去哪里、该走多快的想法。另一个问题就是，我不太清楚罗利市怎么去，想必这会拖慢我的速度。

我想也许我可以扒火车，沿着山脉一直到摩根顿，然后爬上另一列火车直到罗利市。然后，当我到达罗利市，我可以买张地图找到卡罗琳表妹的家。要是她不在家怎么办？如果我扒火车的时候被当作流浪儿抓起来怎么办？他们会把一个十二岁的女孩关进监狱吗？我想他们可能会的。这样的话妈妈就会哭得更伤心，大家会比之前还要惨。

突然冒出一个点子，我想起还有一种方式可以把我的信送给表妹，那简直是世界上最简单的方法了。我咚咚地跑到厨房里去找妈妈。

“我要给表妹写信！”我告诉她，“给我一张纸、一支笔，然后我就去写啦！”

这话让妈妈开心了一点儿。

我手里拿着纸和笔，走到门廊前，坐在最高一级的台阶上写起信来。在写完开场白后，我觉得有些事情应该马上告诉卡罗琳表妹，于是我继续写下去。我想最好告诉她，我有一头亮红色的头发，也有人说是草莓色的。我没有雀斑，有人说是因为被诅咒了所以才没有，我才不信这种说法呢。德瑞玛·布朗的奶奶告诉我一个传说，说住在东海岸的女人会施魔法，她们有黑夜般的皮肤，会对人下咒。这个故事听起来很有趣，但我不信。

当我写完关于诅咒的内容，我开始思考是不是不该在信上写那么多这种东西。罗利市的孩子们平时想什么、聊什么呢？他们怎么打发时光？是不是也像我、露西尔和詹姆斯一样，每天早晨有那么多家务活儿要做？也许有个医生老爸就意味着什么事儿也不用做，每天就舒舒服服地倚靠在漂亮的小床上，一颗颗地吃管家递过来的糖就是了。

如果我想跟一个女孩交朋友，她有管家伺候，甚至每天早晨有女仆为她扣裙子后面的扣子，那么我该说些什么才会让她觉得不无聊呢？

我对自己说，露西尔每天早晨给我扣扣子，所以我也跟有个女仆差不多。不过露西尔一定是个不称职的女仆，她肯定会对所有人大大咧咧地说：“管好你们自己吧，我要跟伊瓦迪去喝茶了。”

露西尔绝对不会想给表妹写信的事儿，她才不管表妹家有多少管家、多少女仆呢。这个念头令我勇气大增，突然，我觉得自己心里涌出很多话，甚至不知道从哪儿说起。

各种词儿全都涌了出来，我拿着铅笔在纸上唰唰地写下去。我写了威尔·梅康有一次用面粉口袋装了一只活鸡到我们的主日聚会；我写了九岁那年夏天有阵子梦游，总是从窗户往房顶上爬，最后老爸不得不把我的窗子钉死，尽管我一次都没摔下来过。

我还写了去年五月詹姆斯把鱼钩挂到手上，然后让我给他取下来，因为他看到自己的血会昏倒在地。我写了我们以前拥有的那只狗——鲍勃，虽然它在我四岁的时候就跑走了，但我一直记着它。

我的笔端有成百上千的故事，我决定一一写下来，让卡罗琳表妹选出自己最喜欢的。我坐在台阶上写啊写啊，直到晚饭前，我相信卡罗琳表妹读到我的信后，一定会愿意和我做朋友的。

我希望你会给我回信，卡罗琳表妹，告诉我你的头发是什么颜色，你什么时候过生日，还有你是不是像詹姆斯那样喜欢读书呢？我不太喜欢自己读，因为一直坐着我会憋疯的。但是我喜欢晚上的时候听妈妈给我们读查尔斯·狄更斯和沃尔特·司各特爵士的书。这些书是她小时候住在小兽湾那边时，一位传教的女士送给她的。我们的妈妈小时候也曾肩并肩坐在一起，读过这些书呢。

你的表姐

阿里·梅·斯帕克斯

第2封信

亲爱的卡罗琳表妹：

我发出上封信已经一周了，不知你是否收到了，所以我又写了这封信给你。是因为我的信写得太好了，所以你不好意思给我回信吗？萨里小姐说我很擅长写作，脑子里全是有趣的点子，尽管这儿的人觉得我想得太多。是有鬼怪偷了我的信，所以你根本没读到吗？

我给你讲讲卢瑞妮·赛姆斯的事儿吧，我曾经以为我俩能做朋友。她住在贝克斯维尔县附近。去年五月的一天，爸爸在脚趾河钓鱼，遇到了她爸爸，他们聊着聊着，发现彼此都有个差不多大的女儿，于是觉得我俩应该认识一下。

第二个周六做完家务事之后，赛姆斯先生就把她的女儿卢瑞妮带到我们家来串门。在他们到来的前一周我都特别激动，还为这个特别的聚会写了一个剧本，准备演给我们的客人看。剧本是关于我们谷仓里的鬼魂的，我为它起名叫“无头鬼和他家的小无头鬼们”。我相信卢瑞妮·赛姆斯看到我专门为她写剧，一定会很开心，愿意和我做朋友，然后我们就可以坐在一起聊个没完。

可惜不是这样……

我很想给你寄几张照片，让你看看我所讲述的一切是什么样儿的，比如脚趾河的样子，还有相貌平平的卢瑞妮长什么样儿。我相信照片会让故事更生动，但是我没有一架像威姆斯医生那样的布朗尼盒子相机，也没什么绘画天赋，除了直线和圆圈，什么都不会画。所以，我只好用文字来描述这些画面了。

老爸一告诉我卢瑞妮·赛姆斯要来，我就知道我们一定要把欢迎仪式搞得隆重一点儿，然后我有了个好点子：我可以演一个剧！这一定会让卢瑞妮高兴，她就会发现和我做朋友是一件多么有意思的事情。而且，我一定能讲出一个很棒的故事。我想啊想啊，想出一个关于装满了各种各样鬼怪的谷仓的故事。

我并没有见过鬼，但爸爸老是给我们讲鬼故事。傍晚他干完活回到家时，总会说：“我今天下午到老丹的马厩里，看见山姆和乔在那儿抽着烟斗，千真万确！我正要骂他们两个

简直是大蠢蛋，竟然在谷仓这种到处是稻草的地方抽烟时，这两个叼着烟斗的老家伙突然消失了。”

当我坐下开始写剧本时，自然而然写起了山姆和乔的故事，但是我忽然想到，作为鬼怪，山姆和乔远不够有趣。因为据爸爸说，他们主要就是抽抽烟斗，拍拍老丹的肚子，吓唬它而已，没多少故事可讲。但是如果我们的谷仓里闹的是其他鬼呢？我越想越觉得肯定有其他鬼。

我去找詹姆斯，他正准备去小溪边钓鱼。“你能想到的最可怕的鬼是哪种？可怕到你一看到就会撒开脚丫子跑。”

“我觉得，如果我走进谷仓，看到山姆和乔两人都没有脑袋的话，可能当场就吓得死翘翘了。”

要知道，詹姆斯是个强壮而结实的小伙子，天不怕地不怕的。所以，我想无头鬼一定是最可怕的了。不过我觉得比起没头的山姆和乔，更好玩的是没头的山姆和约瑟芬，以及他们生的一群没头的鬼宝宝们。天啊，我简直太喜欢这个主意了。

我必须说一下，是露西尔想出使用戏装这个主意的。我本来准备自己讲这个故事。但我把计划告诉露西尔后，她说：“哦，美中不足的就是，你有个脑袋。”

我们当时刚上完课从教室出来，我正使劲地想把刚学的一堆新知识从脑袋里挤出去，好继续集中精力写我的剧本。

“那有什么大不了的？”我问道。

“在我看来，如果你真的可以找个没头的人来演这个剧，那就吓人多了。不然，只是你自己在模仿不同的声音，讲一个恐怖故事而已。如果你讲故事的时候，真的有个无头鬼从身后溜出来，观众的反响一定更好，不信你试试？”

“是不错，可是……”

“可是什么？”

“我认识的人都长着脑袋呀！我也想象不出谁会为了演戏把脑袋砍下来。”

露西尔翻了个白眼，一副难以置信的样子。“你只需要准备合适的服装，阿里·梅。比如说，让詹姆斯穿上爸爸的衬衣，让他在穿之前把扣子全扣好，领子也整理好，然后钻进去，这样的话衬衣领子就刚好卡住他的头，好像他就是无头山姆一样。”

我想象了一下，觉得不错。就说：“你也可以用妈妈的连衣裙这样弄一下，只是，眼睛遮住了的话，你怎样走到舞台上来呢？”

“我可以用妈妈给我们玩演戏的衣服，在眼睛的位置剪两个洞就看得见了。我出来的时候，可以牵着詹姆斯的手，他就不会绊倒了。”

那么，一切是不是按露西尔计划的那样进行呢？我们演戏的时候，卢瑞妮看到无头鬼詹姆斯和露西尔手牵手在房间里走，是不是觉得那是世界上最可怕的事呢？

那天，从早晨醒来，到卢瑞妮·赛姆斯走进房间的那段时间，简直有一百年那么漫长。她看起来是个平平常常的女孩，留着一头暗淡又稀少的棕发，但是她一笑起来整个脸庞都明亮了。我一见到她就知道，她会成为我最好的朋友。

“我带你去看看我的房间吧，我、露西尔和小婴儿约翰住在一起。”我对她说，“然后我们可以吃点东西，之后我给你表演我编的剧。”

“你要演剧？”卢瑞妮问道，听起来很困惑。“不是得有各种各样的演员才能演吗？”

“哦，你就等着瞧吧！你一定会大吃一惊的！”

表演戏剧总是很有趣的。不管你排练过多少次，在上场前你还是像怀里揣了只小兔子。我和詹姆斯在前廊上拉起一张床单，希望它看起来像一个真真正正的剧场。然后我们在面向舞台的方向放了一张椅子，好让卢瑞妮坐。

“女士们先生们！”我宣告着，从幕布后走了出来，尽管只有卢瑞妮一个观众，“欢迎观看我们的演出——《无头鬼和他家的小无头鬼们》。”

卢瑞妮的脸色一下子变得苍白，她往后挪了一下椅子，好像希望离舞台越远越好。

“这些无头鬼住在谷仓里，关于他们的故事都是我家发生的真事儿，”我继续说着，感觉卢瑞妮苍白的脸好像有点儿发绿了，“他们叫山姆和约瑟芬，他们还有一群无头的鬼孩子。”

露西尔这时突然从幕布后钻出来，她的头藏在妈妈的旧连衣裙领子下面，手里拿着她最不喜欢的、最旧的布娃娃，为了演这场戏，她专门把娃娃的头揪下来了。过了一会儿，无头鬼詹姆斯跟着出现了，大声叫道：“嗨，约瑟芬，我从地里回来了！”

这时，卢瑞妮开始尖叫，然后从门廊楼梯上一直跑到院子里。她发出一连串怪叫，直到伏在一边冲着自己的鞋尖呕吐才停下来。

后来我才知道，卢瑞妮·赛姆斯特别怕鬼怪和各种幽灵，比如恶作剧鬼、醉鬼，最害怕无头鬼。所以我大概明白为什么我的演出那么不招她喜欢了。

卡罗琳表妹，一开始我很后悔，觉得自己选错了剧本。但后来帮卢瑞妮清理呕吐在鞋上的脏东西时，我想我肯定没法和一个看到无头鬼脸就发绿的女孩成为真正的朋友。我跟你认识的其他女孩一样文雅，但我并不是个胆小鬼，我也不能忍受身边的朋友是个胆小鬼。我希望你不怕幽灵、恶作剧鬼、怪物、醉鬼或者其他人装扮的无头鬼。如果你害怕某个真实的生物没有头，那没什么，我也一样。

妈妈说，她担心她可能记错了你们在罗利市的地址。但爸爸说你爸爸家的亲戚都是有身份的人，我寄到罗利市的信迟早都会到他们手中。

如果你认为我老爸不喜欢你老爸和他家的人，你说对了，但这不代表我们不能成为最好的朋友。

希望你能够尽快回信的你的表姐

阿里·梅·斯帕克斯

第3封信

亲爱的卡罗琳表妹：

我还在等你的回信。我想你可能出门旅行了，现在刚好是夏季，很多人喜欢在温暖宜人的夏天旅行。除了去老爸的兄弟罗兰家，我没怎么出过门，他们住在班康县，家里有好多漂亮的红骏马。我们家只有一匹马，就是老丹。我觉得老丹算不上漂亮，脾气也不怎么好。

今天皮特曼女士来家里找妈妈了，她是来这里采集民谣的。她跟妈妈聊天时，我就想，我一定要记住她说的每句话，然后在信里告诉我亲爱的卡罗琳表妹。我发现自从开始给你写信，我对每天生活中发生的事情观察得仔细多了。给你写信就好像在傍晚光线昏暗时分，只有邻居家走廊上亮着一盏小灯时，和朋友一起分享秘密。

罗利市有没有采集民谣的女士呢？如果没有，我来给你讲讲这是怎么一回事。民谣采集者来到你的家乡，他们记录下你和你的家人传唱的歌儿。不仅是这样，她们还有很神奇的机器。她们让你冲着一个粗粗的大喇叭唱歌，你的声音就被存在一个蜡质的碟子上。妈妈已经对着大喇叭唱了两次，第一次听见妈妈的歌声从蜡质唱碟中传出时，我们全都惊呆了，差点要摔倒了。

采集民谣的女士中，皮特曼女士最友善。但她看起来并不友好，因为她把头发扎得太紧了，像被《圣经》里大力士参孙在后面使劲拽着一样。露西尔说，她每次看着皮特曼女士的发髻，都觉得自己的头皮也被拉痛了。她简直担心头发整天扎得这么紧，会不会哪一天眼珠子被勒得蹦出来。

扎得紧紧的头发使皮特曼女士看起来很严肃，此外，她还特别瘦，跟山胡桃木似的，所以显得更拘谨了。但当她开始讲话，你就会发现她友善又风趣，而且特别能吃，你简直搞不懂她吃下的那些食物都跑哪儿去了，因为根本就没有长到她身上。

“爱迪，我俩得聊聊。”她在妈妈给她拉出的椅子上刚一坐下，就说道。那把椅子是我们家最完好的一把，专为客人准备的。“我知道你觉得我不是什么大人物，还总爱管闲事，但是我们的定居点学校真的需要你的帮助。周五我们有一大帮客人，从马里兰州的巴尔的摩来，他们特别想听听你美妙的歌声。”

定居点学校是去年皮特曼和凯勒女士建立的。她们刚来到山里时，打算只待几个月，但当她们看到这里的人们生活那么艰难后，她们决定留下来，在这儿建一所学校。

定居点学校和普通的学校不太一样。我们也有那种普通的学校，教室在教堂那边，老师由萨里女士担任，只有孩子能去那个学校，他们学习读、写、算这些。而定居点学校不一样，不管多大年纪的人都能去，学些实用的技能，比如编个篮子、做把椅子，这样就可以拿到山外面去卖点钱，人们在这里还可以学到保持健康生活的好习惯。

采集民谣的女士们还想教女孩子们烤饼干和面包，给桌布锁边，所以这里还开设了烹饪和缝纫课。皮特曼和凯勒女士真是想方设法让我们的生活变得更好！

老爸觉得我们这儿的生活好得很，没啥好改进的，虽然如此，但他并不反对定居点学校的事儿，直到那些采集民谣的女士对他的谷仓舞会表示不满。每周六晚上，老爸和皮考克先生会在杜鲁门·泰勒家的谷仓举行舞会。舞会上，他们会放收音机里的流行音乐，而民谣采集者希望他们放传统歌曲，这可惹恼了老爸，从此以后我们斯帕克斯家的孩子都得

离定居点学校远远的。

这让孩子们很失望，妈妈也是。我能看到当妈妈拒绝皮特曼女士时，脸上写满了遗憾。“哦，女士，”妈妈坐在桌子对面的椅子上，拿起她的针线活儿。她说话时，眼睛一直看着针，但我从她紧紧咬着的嘴唇可以看出，她可想去那儿唱歌了。“你知道扎克一点儿都不喜欢你们学校，他不讨厌你，但是不喜欢你们的学校。他不会同意的。”

皮特曼女士在她的裙裾里绞着手指，好像想扭断老爸的脖子。“我不明白，爱迪，学校的一个目的就是保存大山里的音乐和传统，斯帕克斯先生为什么要反对呢？”

“扎克说你们挑挑拣拣的。”妈妈说，她把针狠狠地在一块灰色棉布和一块棕色棉布上扎来扎去，“你喜欢一些，不喜欢另外一些。你喜欢我们唱的那些老歌儿，对小提琴和班卓琴又不屑一顾。”

“班卓琴并不是这里的本土乐器，”皮特曼女士耐心地解释道，“它们会带来不好的影响。”

“我不懂这些，女士。我只知道扎克不希望我们家任何一个人和你们学校有关系。”妈妈说道，把针使劲扎进棉布里。“他说您是外人，和这里一点儿关系也没有。”

皮特曼女士叹了口气，开始聊外面那棵桃树开花开得多好，我们都很喜欢那些花。然后她给我们讲了一个她小时候的故事，那时她住在缅因州，有天突然被一只螃蟹钳住了手指，那只螃蟹在她手指上夹啊，扭啊，怎么也不肯松开。

我觉得妈妈没能去定居点学校唱歌真是太遗憾了。她有着你不曾听到过的最美妙的嗓音和最高的音调。有人说她的声音听起来很孤独，但我觉得正是这种孤独让她的歌声更美。

皮特曼女士留在我家吃午饭，她通常如此，别人邀请她吃饭她从不拒绝，这让这儿的人们很高兴。有些来到这个大山里的人觉得只能他们帮助你，不能接受你一点儿帮助。皮特曼女士不是这样，如果你给她一只鸡，她不会说："哦，不行，我不能拿，你们太穷了，送不起这只鸡。"

皮特曼女士会问："你们还能给我几个土豆吗？我想拿来和鸡一起烧。"

这就是为啥大伙儿都喜欢皮特曼女士，就连我老爸也喜欢她。

事实上，两年前皮特曼和凯勒女士刚来到我们的大山里采集民谣时，老爸还很高兴，因为他喜欢拉小提琴，他能很快通过收音机学会拉一首歌，简直比你想象的快多了。当他听说民谣采集者要来这里时，他一有空就练习那些歌儿，准备在她们到来的时候大显身手。

民谣采集者到访的第一天，凯勒女士挑头，先走到我们的门廊上。她和皮特曼女士对比鲜明，皮特曼女士瘦得跟棍子一样，她则胖嘟嘟的，尽管算不上胖成一个球。那天她穿了条高领的黑裙子，尽管我穿着没有领子的裙子，看着她也会觉得嗓子被勒住了。凯勒女士一说起感兴趣的事情，她的棕色眼睛就变得特别漂亮，简直是世界上最美的眼睛。我更喜欢皮特曼女士，但我仍希望得到凯勒女士的尊重。

两位女士到达我家门廊时，都气喘吁吁的，喘了好半天才说得出话。我们都耐心等啊，等啊，连哈兰·博伊德也是如此。那阵子哈兰刚刚搬到我家跟我们住，露西尔正在教他礼貌举止，每次他骂人或者弯腰驼背时，就给他一拳。所以那会儿他在最高一级台阶上坐得直直的，就好像还在上主日学校一样。

“我是路易斯·凯勒，”高领女士刚能呼吸，就开始自我介绍，“这是我的同事，贝蒂斯·皮特曼。我们在拉塞尔·塞奇基金会工作，你可以叫我们文化调查员，也就是……”

“我猜你们就是大家说的采集民谣的女士，”老爸说道，站起来欢迎他们，“我老婆爱迪知道好多她奶奶和奶奶的奶奶传唱的歌儿。我呢，大概记得五十首小提琴曲，很高兴能够为你们演奏。”

我觉得爸爸说“小提琴曲”的时候，凯勒女士从鼻子里发出“嗤”的一声，那是什么意思呢？小提琴的声音那么甜蜜，让你感到心里有很多深沉的情绪在涌动，感觉整个人就好像要爆炸了一样。

“我们感兴趣的主要是古老的民谣，”凯勒女士解释，“可能要花一天，甚至几天，才能准确地记录下一首歌，所以可能会占去您很多时间。我们的录音机放在小屋里，所以需要您来我们的小屋，在凯蒂的农具室那边。您觉得什么时候开始录比较合适？”

老爸看了看老妈：“爱迪，你来唱首歌吧，可以唱《巴博瑞·爱伦》。”

我们几个小孩全都吵嚷起来：“对，唱《巴博瑞·爱伦》吧，妈妈！”连哈兰·博伊德也叫起来。自从老爸把他从手杖溪的小木屋带回来，他就很喜欢叫老妈“妈妈”。

老妈有的时候很害羞，有的时候却胆大得很，所以我们一点儿都不惊讶她把头一仰，引吭高歌起来。

五月美好的日子哦，

绿色的嫩芽在膨胀，

威廉姆·格林躺在床上，奄奄一息，

因为他深爱着巴博瑞·爱伦。

皮特曼女士把双手放在胸前，合上双眼，认真听着妈妈的歌声。凯勒女士则翻开一个笔记本，从耳朵后面抽出一支笔，开始写起来。我偷偷走到她身边，想看看她写了些什么，却只看到歪歪扭扭的字母和空白的纸页。这是凯勒女士采集民谣的本子，她走到哪儿都带着。晚上，皮特曼女士会把凯勒女士记录的内容抄在另外一个本子上，这样，如果不小心弄丢一本，还有一本留存着。

妈妈唱完后，我们因为骄傲而满面容光，都等着采集民谣的女士叫老爸去取他的小提琴，给她们拉一首他练了很久的曲子。但是她们没有，只是说她们下次会再来，听妈妈唱更多歌儿。

她们从没有让爸爸拉过他的小提琴。

卡罗琳表妹，你妈妈喜欢唱那些以前传下来的歌儿吗？也许有一天民谣采集者也会敲响你家的门。许多奇怪的人敲过我们家的门，民谣采集者、来拯救我们灵魂的传教士，还有各种想这样或那样帮助我们的人。

我不知道为什么那么多人关注我们，是觉得我们过得很糟糕吗？

我问了妈妈好多次，想让她告诉我一点儿关于你妈妈的事儿，你妈妈小时候什么样儿，她们在小兽湾一起长大时喜欢玩什么样的游戏，为什么她决定永远离开大山？但是我的问题只会引得妈妈哭泣，而老爸总是说："嘘，别再问关于安娜的问题，她一点儿也不懂事，她对我们一家来说就跟不存在一样。"

你可以想象得到，这些话只能让妈妈哭得更厉害。

你给我回信的话，我希望你能给我讲讲我的姨妈安娜的事情，还有你的爸爸什么样？我知道他是个医生。是那种给小孩子红色棒棒糖吃的医生吗？我在学校里读过一本书，讲到一位这样的医生，我觉得太棒啦！

啊，妈妈叫我去喂鸡了，我不能再写了。你喜欢鸡吗？我最喜欢吃鸡肉，其次喜欢听它们早晨在院子里"咯咯——咯咯——"叫，那"咯咯"的声音让人听起来很安心。

你的表姐

阿丽·梅·斯帕克斯

第4封信

亲爱的卡罗琳表妹：

我担心你生病了。让你妈妈煮点紫草叶子水，喝下去就好了。期待着你病好后，会给我写信。

有件令人激动的事儿要和你讲——马里兰州巴尔的摩市的孩子们来了。昨天晚上，我和詹姆斯去坎贝尔牧师家里看萨里女士的地图集，想找找马里兰州到底在哪里。萨里女士是坎贝尔牧师的第三任妻子，他的第一任妻子新婚五天后失足落入新河里淹死了，真令人难过。他的第二任妻子四年前染上流感去世了。

他的新一任妻子——萨里女士，还很年轻，才二十五岁。坎贝尔牧师在大山外面遇到她，我们很高兴他娶回这样一位年轻的女士。她有一肚子学问，家里还有地图集和1922年（也就是刚好两年前才出的）《世界百科全书》这样的书。

啊，这本百科全书简直太有趣了！我和詹姆斯都喜欢晚上去坎贝尔牧师家看书，里面有各种各样的图画。你看过大蟒蛇的图片吗？简直令人毛骨悚然，脊背上的汗毛都立起来了。

我们从地图上看到，马里兰州与北卡罗来纳州之间隔着两个州，巴尔的摩是个大城市，港口的渔船会带回很多海产，比如蓝蟹、石斑鱼、鲶鱼、鲈鱼什么的。

“这是个很不错的城市，”萨里女士告诉我们，“我们该去那儿旅行一次。”

我和詹姆斯还有萨里女士计划了各种各样的探险，等我和詹姆斯长大后进行。萨里女士和詹姆斯特别想去巴西，但巴西有大蟒蛇，所以我不想去。我建议改去秘鲁，但是詹姆斯坚持要去丛林探秘，还想亲手逮一只大猩猩。

“他们说英语吗？”詹姆斯的意思是说那些巴尔的摩的孩子们，我在桌子底下踢了他的腿一下。

“他们当然说英语，你忘了，”我告诉他，“他们可是在美国，不说英语说什么？”

“他们讲英语，”萨里小姐女士说着把手放在我的肩膀上，让我冷静，“但是他们的英语听起来可能跟我们这儿不太一样。”

“就像你那样？”我问。萨里女士来自珀森县，离弗吉尼亚州很近，她讲起话来就像给婴儿唱催眠曲一样，那声音最好听了。

萨里女士笑起来：“不，不太一样，他们说话……语调比我们说话更平，没这么卷。”

这让詹姆斯笑起来：“我们说话卷吗？谁听过卷卷的话？”

“啊，我也不知道该怎样描述。”萨里女士说道，脸颊红了起来，“你见到他们就知道了，会有好几个跟你们一样大的孩子。”

哇，这让我太兴奋了。巴尔的摩的孩子会在这儿待一整个月，因为他们的父母要在民谣采集者开办的学校里参观学习，回去后要为他们那儿的渔民筹办一所类似的学校。

我不知道巴尔的摩的孩子是否会对定居点学校感到失望。它更像一座住宅，有两层楼高，用木板搭成，而不是书上那种用红砖盖成的房子，虽然在我们这儿两层楼的房子也不多见。塞西尔·布契南大叔给了采集民谣的女上二十英亩地建房子，还说她们可以随便砍地里种的树。他唯一的要求，就是请她们时不时演几出莎士比亚的戏剧，他觉得年轻人看点儿莎士比亚应该不错。采集民谣的女士问布契南大叔有没有读过莎士比亚，他说没有，但是他听人说如果看过莎士比亚和《圣经》，基本上就能明白世上所有的事儿了。

定居点学校的教室里有桌子、椅子、织布机、锅和劈好的柴，但没有课桌。墙上有很多窗户，因此整个房间亮亮堂堂的，常有微风吹过。因为凯勒女士不喜欢爸爸和皮考克先生的谷仓舞会，爸爸就不让我们去定居点学校了。此前，我们常常下午到那儿去玩。我喜欢坐在学校的休息室前面，用力嗅着刚刚劈开的木头的清香。噢，我真希望这是一所真正的学校，我可以在这里背《独立宣言》，还可以朗读诗歌。

从休息室前面的窗户望去，可以看到一片农场，一位老师在教男孩们干农活儿。他是噶特森先生，来自丹麦，斯堪的那维亚半岛，所以他说话的语调和所有人都不一样。

如果向后窗望去，可以看到几座小房子，有木工房，可以在那里做活动椅面的椅子，这种椅子的椅面是用藤条或茅草编的，除了椅子还可以做一些小家具拿到山外面卖。此外还有一间做陶罐的房子，和一间用来编茅草篮子的房子。

如果你的视线越过木工房的屋顶，可以看到那边还有几间小木屋，是供大山外的访客住的。昨天晚上做完家务活儿后，我和詹姆斯就是去那儿找巴尔的摩孩子的。我没告诉老爸老妈我们去了定居点学校，只说我们可能去萨里女士那儿。

“那些孩子才不想认识我们呢！”我们走在去学校的路上时，詹姆斯说，“你还记得去年秋天吗，学校刚开门那会儿

来了几个孩子，他们的鼻子简直要翘到天上去了，如果下场雨，准能灌到他们的鼻子里，淹死他们。”

“巴尔的摩的孩子不是那样的，”我坚持道，“他们不会那样目中无人，不然萨里女士也不会说巴尔的摩是一个值得一游的城市了。”

“我就是说，你别想得太美了。”詹姆斯说。

詹姆斯当然可以这样说。他已经有威尔·梅康这个好朋友了，用不着费心再找几个。

我们到了学校后，听到一阵歌声传来。我想大概因为学校是采集民谣的女士创办的，所以他们总是在唱歌。早饭后唱歌，晚饭后也唱歌。有些周五的晚上，凯勒女士会告诉周边的人她们要举办一个“民歌之夜”，所有人都聚在谷仓里唱歌。威尔·梅康告诉我们，噶特森先生最近教他们唱他的祖国丹麦的民歌，凯勒和皮特曼女士则跳了一支丹麦传统舞蹈。

老爸听说学校跳丹麦舞的事后，“哼”了一声：“我看这儿对他们来说是不够好的，他们已经觉得这里的歌儿和舞蹈没意思了。”

“凯勒和皮特曼女士从丹麦学到开设这类学校的方法，”露西尔解释给老爸听，“在那里他们跳丹麦舞、唱丹麦歌。”

“他们现在可没在丹麦。”老爸说，“我们这儿有那么多好听的歌、好看的舞蹈。”

我们这儿的舞蹈挺单调的，大部分都是跺脚舞那种，我挺高兴能多见识几种舞蹈。但是我才不会跟老爸争辩呢，他总觉得我们的生活方式哪儿哪儿都好。

詹姆斯和我站在旁边的空地上等着歌唱结束。我拿不准等他们出来时，要不要走过去和他们打招呼，还是躲在一边偷偷观察他们是否友善，能不能做朋友。我觉得应该偷偷看一会儿，然后大大方方地走过去做自我介绍。

但是当巴尔的摩的孩子走出谷仓，穿过空地跑向小木屋时，我几乎改变主意了。一共有十一个孩子，大多数都很小，有几个稍大一点儿，只有一个男孩和一个女孩和我一般大。远远地，我看出他们和我们年龄相仿，要么和我一样十二岁，要么和詹姆斯差不多，十一岁。我眯着眼好好看了看那个女孩，即使离得远远的也能看出她很爱指挥人。

你见过那种女孩吗？她们的嘴总是抿得紧紧的，准备告诉你该这样做，该那样做。玛丽勒·特雷德韦就是那样。她八岁时来我们这里和她奶奶一起生活，我们就是那会儿认识的。刚一打照面，她就开始指挥我：“我们来玩家家酒，你去弄点橡果帽儿来做杯子。”

我听到这话就不想跟她玩了，于是就回家去。我并不是那种坏脾气的女孩，但是我不喜欢被同龄的女孩子吆喝来吆喝去。

所以这个走在空地上的巴尔的摩女孩对我来说，成为好朋友的可能性不大。她有一头棕色打着小卷儿的头发，露西尔一直想留这种时髦的发型，但是她的直发打不起卷来。这个女孩的鬈发上系了一根黄色的缎带，她的连衣裙也是黄色的，看上去像是从商店买来的。我看了看自个儿的裙子，是妈妈用棕色的旧裙子改的，光从裙子上看我和那女孩就完全不配。

啊，但是那个走在她旁边的男孩子，卡罗琳表妹，你见过一个闪闪发光的人儿吗？这个男孩就是那样，他尽管走起路来一歪一扭，但全身闪着光芒。

我默默地想着：如果有人能闪闪发光，那他一定是我的朋友。告诉你，在那之前，我一直希望我最好的朋友是个女孩，这样我们就可以聊那些好看的玩意儿，或是读读诗。但是，当我看到那个闪闪发光的男孩时，我就想和他成为好朋友，不管他走路是不是有点儿瘸，身子是不是还向一边倾斜。

有时候，你就是知道你要什么。

你的表姐

阿里·梅·斯帕克斯

第5封信

亲爱的卡罗琳表妹：

这是我给你写的第五封信。我开始想罗利市的人都是这样对待别人的吗？我听说过大城市的风气，说不定这些说法是真的，但我不想随意评价。

露西尔说也许你不回信是因为你的字写得不好看，而我的字太好看。如果是这样的话，我告诉你我学写字的秘密吧，我花了很多时间练了又练，才能写出这样的字。其实我是个左撇子，但妈妈不让我用左手写字，她说左撇子是魔鬼在操纵你的手，是绝对不能容忍的。

当我开始学写字的时候，我必须用右手拿笔，这对我来说太难了，我哭了很多次。但是爸爸说如果我可以把字写好看，他就给我买一整袋儿蜜糖。况且，有一头浅红色的头发还没有雀斑已经够糟了，我可不想再让魔鬼拿着我的手写字。

当我和詹姆斯走进空地时，正是我的红头发引起了巴尔的摩孩子的注意。有个小孩儿指着我说："看，她的头发跟克拉拉表兄的一模一样。"

那个高高的、有点儿骄横的女孩使劲摇着头："克拉拉的头发是棕色，只在阳光下闪着红色光芒，这个女孩的头发几乎是粉红色的，而且难看死了。"

詹姆斯悄悄吹了声口哨："你还觉得巴尔的摩的孩子们会很友好吗？"

"这个女孩是不怎么友善，"我把双手贴在脸上，我的脸颊又红又烫，就像谁扇了我一巴掌一样，"但她代表不了所有人啊！"

"说不定她可以代表，"詹姆斯说，"你想等等看吗？"

我们身后突然传出低低的声音："阿里·梅，你愿不愿意我去踢一脚她的屁股，只要你不告诉露西尔，我马上就去！"

我转过身，看到哈兰·博伊德藏在灌木丛后面，我可能还没跟你描述过他。唉，他简直一团糟，已经十岁了，瘦得像只天天挨饿的猫咪，浑身都是泥点一般的雀斑，一头棕色的头发不管怎么梳、怎么拍都还是乱蓬蓬的。

"没事，哈兰。"我对他说，"有些人就是不喜欢红头发。"

"有些人就没学会上帝教的那些规矩。"哈兰回答道，从藏身的灌木丛中钻出来。

“上帝不教规矩，”詹姆斯告诉他，“你把主日学校教的东西和露西尔教的弄混了。”

“的确很难把它们分得清清楚楚。”哈兰承认道。他双手插进口袋，冲地面吐了口唾沫，然后冲着那些巴尔的摩孩子喊道：“嘿，你们这些家伙，别烦阿里·梅，她又管不了自己长什么样，你们管得着吗？”

骄横的女孩怒气冲冲地看着我们的方向，但是那个闪光的男孩，却突然哈哈大笑起来。然后他做了一件让我非常惊讶的事情——他走过去一把扯掉那个骄横的女孩头上的黄色发带。骄横的女孩马上冲着他尖叫起来，他却只是耸耸肩，说：“这样正配你，露丝。”

卡罗琳表妹，我觉得我应该马上向他作自我介绍。我猛地拉起詹姆斯的手，我俩肩并肩走进空地，走到那些巴尔的摩孩子面前，我猛然抽出手，伸向那个闪光的男孩，说：“我叫阿里·梅·斯帕克斯，很高兴认识你。”

闪光的男孩似乎不知道拿我的手怎么办，事实上，我们走过去那一刻他就僵住了。那个叫露丝的女孩拍了拍他的肩膀，嗤笑道：“你的礼貌呢，汤姆·威尔斯！”

我马上收回手，说：“没事，有些人就是不习惯握手。”

“汤姆只是害羞。”那个骄横女孩解释道，“我哥哥见了陌生人会很不好意思。”

“跟我们不用，”我对那个男孩说，他的脸颊已经烧得红彤彤的，“我们就是普通的山里孩子罢了！”

他一直看着自己的脚，听到这话微微抬起头来，脸上露出一点儿笑容：“那太好了。”

“对呀！”我同意。

“那么，”他说，你可以看出他在努力想找点话来说，“哦，我猜……我想……这儿七月份一向这么冷吗？”

詹姆斯站出来说：“哥们儿，有时候这儿就是这么冷，八月第一天可能就会下雪呢。”

“才不是呢！”哈兰喊道，他刚才站在人群后面，这会儿跑到我们跟前，“詹姆斯说话太夸张了，这儿将近十一月才会冷得下雪，有些年直到圣诞节才会下呢！”

汤姆踉跄着后退几步，好像害怕哈兰会冲过来撞倒他。但是他终于站稳了脚跟，冲哈兰点了点头，说：“这会儿在我长大的地方，天气热得很，雨滴掉到公路上都会马上冒出蒸汽呢！如果是晚上的话，看起来就跟鬼魂出没一样。”

“我们这儿没有公路，”哈兰承认说，“但是我们有很多很多鬼。”

汤姆的眼睛亮起来："真的鬼？"

"跟你一样真！"我赶紧在哈兰开口讲这儿所有好玩的鬼故事之前插进来，"有个无头鬼，就住在我们谷仓里。"

那个骄横的女孩露丝"哼"了一声："鬼？在你家谷仓？我看没人跟你讲过，世界上根本没有鬼！"

"你不相信的话来看看就是了。"我告诉她，"你看了自然会信。"

"最好玩的鬼是山洞里的鬼。"詹姆斯挨近汤姆，以他常常用来说服人的、言之凿凿的那种口气对他说，"有人在山洞里迷了路，再也出不来，就变成鬼魂。你不信，可以去鬼洞看看温德尔·麦克宾，他就住在洞口，见人就问回家的路怎么走，人们告诉他他又不听。大部分鬼都顽固得很！"

骄横的露丝摇摇头："妈妈说过我们到这里后，会听到各种各样的奇谈怪论，她真是所言不虚。汤姆，你不能再听这些无稽之谈了！"

尽管露丝的语气听起来自大又蛮横，但我觉得她说话的方式还挺讨人喜欢的，她说话就好像是拿着一本书在读。我看了一眼詹姆斯和汤姆，可以看出他们可一点儿都不觉得。我还看得出詹姆斯正试着拉拢汤姆，如果我不快点行动，汤姆就是他的朋友，而不是我的了！

“汤姆，如果你愿意的话，我可以带你去詹姆斯说的那个山洞看看。”我说，希望听起来像露丝一样言辞讲究，又显得有礼貌，“如果你愿意，明天晚上这个时候在这个地方等着我，我带你去看看。”

汤姆对我笑了，说：“我愿意。”

露丝做了个鬼脸。“妈妈不会答应的。”她警告他。然后她转向那些小孩子们：“你们该上床睡觉了，梅兹，帮我把这些小家伙弄回他们的房间去。”

一个露西尔那么大年纪，也就是十岁左右的女孩拉起最小的孩子的手，向小屋走去。露丝对其他孩子训了几句话，就像老母鸡一样领着一长串小孩子离开了。

“我们最好也回去。”詹姆斯说，“如果天全黑了我们还不回去，老爸就要开始找我们了。”

“而且天全黑了，山狮就会偷偷藏在黑暗处，找机会把你扑倒。”哈兰补充道，“如果你在树林里听到女人的尖叫声，不要相信，那可不是女人在叫，那是山狮的声音，这种野兽能把一个大活人从头到脚吃得干干净净。”

天色渐渐暗下来，即便如此，我还是可以看见汤姆的脸变得煞白。“别怕！”我说，“你住的学校这片儿安全得很，狮子或其他野兽都过不来，山狮是没法偷偷潜伏在走廊上不被人发现的，而且就算你看到山狮，尽可能跑快点就好了。”

汤姆看起来更不安了：“可我跑不快，事实上，我几乎没法跑步。”

“完全不用担心，”哈兰说，试着让人听起来很放心，“那些狮子再怎么样都比人跑得快，当它们看到你时，你跑也没用了。”

这番话并不让汤姆觉得更安心，但他还是对我们挥了挥手，说：“你们最好赶快回去，天就快黑了，我明天还在这儿等你。”

“嗯，就在这个地方。”我说。

那我们有没有履行约定呢？哈兰又怎么吓了我们一大跳呢？在我收到你亲笔写的信之前，我不会再写了。卡罗琳表妹，很抱歉我要用这种极端的方式让你回信，因为我担心你安静得太久了。

静静等待的你的表姐

阿丽·梅·斯帕克斯

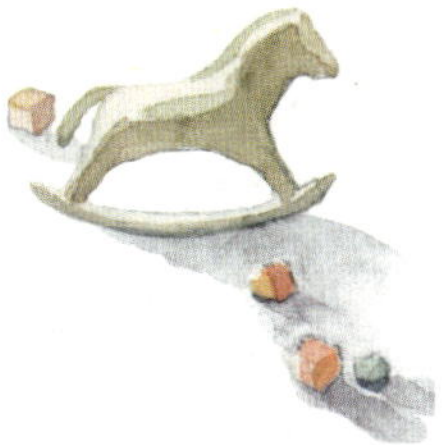

第6封信

亲爱的卡罗琳表妹：

我一直在急切地盼望你的来信。妈妈今天早晨刚问过我是否收到回信，我很遗憾地告诉她没有，一个字都没有，而且不知道为什么。“如果她不感兴趣的话，也许我不该接着写了。”我说。

但妈妈说我不该停下来，要继续写下去，总有一天你会回信。“一旦开始做一件事，就要坚持下去，阿里·梅。”她跟我说，“现在放弃可太早了，我曾经就犯过这种错误，太早放弃一个人，直到现在还觉得遗憾。”

我问妈妈她说的是谁，她摇摇头，不告诉我，只是递给我一支铅笔。

所以，我现在还不会放弃我们的友谊，卡罗琳表妹。我相信你最终会给我回信的，我会一直给你写信。但是在我收到你的回信之前，我不会告诉你周四晚上哈兰怎么在鬼洞差点被一个鬼掐死。

好了，现在是周五早晨，我手痒痒地想写点东西。萨里女士说，她从来没遇到过一个像我一样想写东西的人。我告诉她，那是因为写出脑子里的东西，可以让你思维清晰，就像有个朋友可以聊心里的秘密一样。

所以，我现在就给你讲讲哈兰·博伊德和他妈妈的故事。哈兰的妈妈抛弃了他，让他一个人在手杖溪的小屋生活。她叫爱尔伦·博伊德，和萨里女士年龄一样大，也就是说，当她嫁给威尔斯·博伊德，并给他生下一个男孩时，她还是个年轻女孩。每个人都说幸好她结婚得早，她是个漂亮的女孩，头发就像乌鸦翅膀上的羽毛一样乌黑而有光泽。她充满魅力，就像田野里的兔子一样活力四射，四处招惹男孩子。

但是，大家的讨论话题总也离不开她为什么要嫁给威尔斯·博伊德这样一个卑鄙的家伙。自从爱尔伦女士告诉他，她怀了孩子之后，他就消失了，没人再见过他。威尔斯·博伊德不想要孩子，他一听说爱尔伦要生孩子，就不再露面了。

哈兰从来没见过他的爸爸，这让人很难过，但事实就是如此。

因此，爱尔伦和哈兰两个人孤零零地生活在手杖溪一座快要垮塌的小屋里。人们常常留一些东西在他们门前的台阶上。你也可以敲门，但是不管你怎么敲，爱尔伦绝不会开门，就算她就站在门边也不会，即使是她的好朋友万达·考弗雷敲门也不会，实际上万达经常站在台阶上敲她家的门，她却从来没有开过。

很长时间以来，没人见过哈兰，有人说爱尔伦的小屋里根本没有一个婴儿。他们说她用树皮和树枝做了一艘小船，把她的孩子放在船上，沿着小溪漂下去了，指望他被一个富裕家庭捡到，就像《圣经》里摩西的妈妈把小摩西放入摇篮里顺水流走一样。另一些人则有更不祥的猜想，他们说爱尔伦把哈兰杀死了，把他的骨头埋在小木屋的地板下。他们甚至说如果你在满月之日站在小木屋外，可以听见地板下骨头哀哀地哭泣。

当哈兰出现在萨里女士的课堂那天，谣言全被粉碎了。那天，那个男孩的膝盖和手肘都磨得通红，衬衫下摆一半塞在马裤里，一半吊在外面，破旧的短靴几乎比他的脚大了两个码子。“我妈说我该来这儿学点东西。”他说，“妈妈说八岁就是大孩子了，不能再这么傻乎乎地过下去了。”

孩子们你看看我，我看看你，不知道这个男孩是谁，但都在猜：“难道是他？”

“欢迎来到我们学校！”萨里女士热情地欢迎他，拉着他的手把他带到她的桌子前，那是一张小小的桌子，堆满了书和纸张，“让我记下你的名字，然后给你找个座位。”

那个男孩连耳根都烧红了。“我的名字叫哈兰·博伊德。”他用过于洪亮的声音说，“妈妈说我不傻，就是没读过书。”

“我猜你肯定不傻，也不是没读过书。”萨里女士轻声细语地安慰他，“你不如午餐时间在这儿待着，我来听你读点东西好吗？”

哈兰点点头，在男孩那边找了个座位，坐在莱斯特·琼斯旁边。我知道我不是唯一注意到他没带午餐盒的人，午餐时间，我从窗户偷偷看出去，看见他在萨里女士旁边，坐在她桌子上，嚼着一个两片白面包做的黄油三明治。露西尔蹑手蹑脚走到我旁边，说：“奇怪，他哪儿来的三明治。”

“估计是萨里女士给的。”

露西尔摇摇头。“想象一下，一个在长身体的男孩没有固定的三餐吃！”她说话的语气就好像她是主日学校的老师，“他妈妈应该知道除了要把儿子送过来读书，还得给他准备点东西填肚子吧。”

你肯定不知道，第二天露西尔就用蜡纸给哈兰·博伊德包了两块火腿面包，带到学校。“你这样的男孩得吃点肉。”

她对他说，把火腿硬塞到他手里，“你应该告诉你妈妈我是这么说的。”

“我……我……我会告诉她的。”哈兰结结巴巴地说。然后他整个早晨都盯着那些火腿，就好像从来没见过这么好的东西似的。

第二天，露西尔又包了两片火腿面包，以防哈兰的妈妈又忘了给他带午餐。果然，哈兰两手空空地出现在教室里。露西尔嘟嘟囔囔了一阵子，从那时起，给哈兰带吃的就成为她的责任了。

我觉得哈兰并不介意被露西尔照顾，除了露西尔说要去他们家在手杖溪的小木屋拜访以外。“该有个人告诉你妈妈，怎么好好给你做饭！”她说，“我决定自己到山里去告诉她。”

“她早晨给我吃得很好，”哈兰坚持道，“鸡蛋、香肠、饼干和肉汤，还有培根和火腿，吃的堆在盘子里放都放不下了，这就是我不带午餐的原因，吃了这么一顿早饭后，不到晚餐简直不饿！”

我和露西尔都不信他的话，每天上课萨里小姐听我们读《灯塔入门》时，可不光是我俩被哈兰肚子里的咕咕叫声吵得读不下去。

十一月渐渐到了，天色越来越灰暗，空气越来越稀薄。

露西尔决定真去哈兰家一趟，而不只是吓唬他。“阿里·梅，你跟我一起去。”一个周六下午她对我说，“万一遇到熊呢？我需要个胆大点儿的人陪着。”

我不害怕熊，所以我就跟她一起去了。

我们翻山越岭，沿着小溪一直往前走，终于看到一座摇摇欲坠的小木屋，也就是哈兰·博伊德和他妈妈爱尔伦的家。屋顶的烟囱缓缓冒出几个可怜的细烟圈，但是我们没听到房子里有人走动。

露西尔只怕熊，除了熊，别的什么都不怕。于是她马上走过去，重重地敲着小屋的门，准备给爱尔伦女士上一课，我必须提醒你，那会儿她才八岁。我越想越觉得这个情景好笑，谁曾听说过一个八岁女孩对成年人指手画脚？在露西尔之前，大概没什么人这样做过。

“爱尔伦女士，我是来和你谈谈你儿子哈兰的事情的。”露西尔在门外叫道，“他说你给他吃得很好，但是我不相信。他几乎每个早上都饿着肚子，爱尔伦女士！他的肚子咕咕叫得好像有只狮子在里面打呼噜。男孩长身体要吃饭，爱尔伦女士！”

四周一片寂静。我想象爱尔伦女士和哈兰站在门那边，互相“嘘——嘘——”着，害怕露西尔听到他们的动静后会一直敲门不肯离开。

如果他们觉得不开门就能把露西尔打发掉，那么简直大错特错，他们是不知道自己在和谁打交道。

“爱尔伦女士，开门！”露西尔叫道，她停止喊叫，开始用自己小小的身体撞门。“我要闯进去了，”她告诉我，“我就这么不讲理。”

我摇摇头，对她的愚蠢无话可说。但我还是爬上门廊，帮她一起撞门，总不能让露西尔一个人撞断肩膀啊。

撞了几下之后，门嘎吱嘎吱地打开了，我们收不住脚，踉跄地走进小屋。我看见哈兰坐在壁炉旁的一张安乐椅上，一动不动。他旁边的墙壁是灰色的，什么都没有挂，房间里唯一的亮色就是他膝上搭着的那张拼布毯子，上面有些红色格子。

“你妈妈呢？”露西尔一稳住脚，就问，“我来和她谈谈。”

“她走了，”哈兰实事求是地说，“走了两个月了。”

“她去哪儿了？”我问，惊讶于做妈妈的可以就这样一走了之。

哈兰耸耸肩：“不知道，有天早晨我起来后，她就不在了。我想她也许会回来，也许会和我爸爸一起回来，但是她没有。”

“那谁让你去学校的？”

哈兰又耸耸肩：“我自己。”

有时候，哈兰快要把我惹火了的时候，我就想，一个人在房子里呆两个月，等着妈妈回来是什么感觉。如果是我，估计两个月结束时就要死了，但是哈兰·博伊德不会。既然妈妈不回来，他想那就是自己独立生活的时候了，于是他就这样做了。

你真的不能不敬佩这样一个男孩，即使他总是偷偷在桌子底下把你的鞋带绑在桌子腿上。你可能会和他打一架，但心里还是会满怀钦佩。

自从哈兰来和我们一起生活之后，他简直一刻也静不下来，早晨一跳下床就精力充沛地动个不停，直到晚上睡觉。有时我甚至想，他静静坐在摇椅上的那一幕是不是我的想象。在仔细想过这个问题后，我觉得哈兰那天一定知道我们来找他了，他希望我们明白，如果我们需要男孩子安安静静的话，他也是可以做到的。

但是，我们并不需要他安安静静地待着。

你的表姐

阿里·梅·斯帕克斯

第7封信

亲爱的卡罗琳表妹：

我一直在想，如果我能给你讲些特别好玩的故事，你是不是就会给我回信了？谁能拒绝一个讲有趣故事的女孩呢？比如说这样的故事：有个男孩子，偷偷去探索某个闹鬼的山洞，他钻进山洞，却突然飞奔出来，脸色如纸一般煞白，大声嚷着有个鬼用细瘦的手指掐住了他的脖子。而其他人在试图进入那个山洞一探究竟时，也听见了鬼的哀嚎和叹息。

后来我们发现，这事儿从头到尾就是詹姆斯藏在山洞里面捣鬼，装出一些鬼哭狼嚎的声音而已。我很气自己，竟然没早想到这一点，我那会儿光顾着看哈兰展示给我们的鬼掐他脖子时留下的手指印——其实是詹姆斯的手指印——而没注意到詹姆斯没和我们在一起。

露丝根本不相信那些是鬼留下的手指印，但汤姆对此表示深信不疑，而且马上开始思考，为什么那个鬼的手指头的粗细程度跟男孩子的差不多。

“有鬼？不可能！”露丝对此非常不屑，转身就走，“世上根本没有鬼。”

“你并不能确定呀！”汤姆在她身后喊道，“世界上很多东西并不是眼睛能看见的，露丝·威尔斯！”

我希望他发现那些指印的真相后不会太生气，我觉得他并不像那种介意恶作剧的人，即使他自己就是被恶搞的对象。相反，露丝绝对恨死了被人捉弄。这大概是她打死也不愿意相信鬼、幽灵这些好玩的东西存在的原因。

而我认为，对不可思议之事，应当保持一颗开放的心，我打赌汤姆一定也这样想。

哈兰没对我们任何一个人说实话，他是在跟皮特曼女士聊天时，没有办法才承认的。那天皮特曼女士正好到家里来，想劝妈妈去给巴尔的摩来的人们唱本地民歌。这次她用了点策略。

“或许斯帕克斯先生可以带着他的小提琴，跟你一起去。”皮特曼女士建议道，她俩肩并肩坐在走廊的摇椅上，妈妈在做针线，我们孩子在花园里干活儿。花园里开满了鲜艳的花朵，有美丽的凤仙花，还有火石竹。收拾花园是我和露西尔唯一抢着做的家务活儿。我们所有的东西，像毯子、衣服和床单都是棕色、灰色或者洗褪色的蓝色这样黯淡的颜色，但是花园里那些似乎在吟唱的鲜花是粉红、鲜红和紫色的。欣赏这些花儿令人心情愉快，即使在清理野草时弄得脏兮兮的也无所谓。

“我觉得你们对小提琴不怎么感兴趣。”妈妈说，她放下手中的活计，抬起头，“是不是因为你们信的宗教的缘故？”

“我想，最反对音乐和舞蹈的教会应该是你们浸信会。”皮特曼女士回答道。

“不是每个人都信浸信会吗？”露西尔在台阶高处问道，她不再收拾花园，坐过来听妈妈和皮特曼女士聊天，“我不知道人们还可以信别的。”

皮特曼女士笑了：“孩子，我们还有很多很多种方式崇信上帝。在我的老家，除了有浸信会，还有卫理公会、公理会和天主教。”

“那么，天主教徒信耶稣吗？”妈妈插嘴道，“我听说他们不信，他们崇拜个什么称作教皇的人。”

“我祖父家的人是天主教徒，”皮特曼女士回答道，“你可以放心，他们也信耶稣，教皇只是他们的宗教领袖，就像坎贝尔牧师是这里的浸信会徒的领导者一样，虽然坎贝尔牧师的信徒要少得多。”

我觉得很有意思，坎贝尔牧师是浸信会的传道者，他人特别好，但是他会说，如果你不信耶稣，一定会下地狱，没有其他的可能。但是在萨里女士的《世界百科全书》中，一些图文介绍说，印度的孩子用一种方式思考，他们信印度教。从我读到的内容看，印度的孩子们一点儿也不关心耶稣是谁。我并不在意他们是不是会被地狱之火焚烧，我猜耶稣也根本不在意这些事情呢。

“那么，天主教徒不介意人们跳舞和拉小提琴了？”

“是的，我想天主教徒一点儿也不反对唱歌和跳舞。”

我看了妈妈一眼，她脸上露出沉思的表情。我猜她在想，我们是不是该转信天主教，这样爸爸的谷仓舞会就不成为一种罪恶了。老爸是浸信会徒，但他对哪些活动违反了教会信条有自己的看法，跳舞就位于他的“有罪活动列表”的末尾。

在我看来，谷仓舞会简直是世界上最美妙的事情了。去年春天，老爸和皮考克凑钱从西尔斯·罗巴克公司商品目录订购了一台收音机。每周六晚上，他们就带着收音机到泰勒的谷仓，调到伊利诺伊州芝加哥的“美国谷仓舞”频道。

大部分人整个星期都盼望着老爸和皮考克的谷仓舞会。

你可能一周都在做着各种无聊琐碎的家务。有时候，你站在前廊，正在用力敲打一块小毯子，忽然想到周六就要到了，马上就可以在泰勒先生的谷仓里，听到收音机里放出好多好听的音乐，你的脚趾立刻就开始在鞋子里跳舞。在谷仓舞会上，人们跳各种各样的舞蹈，尽情地享受一晚上的欢乐时光。收音机里的音乐节目结束后，老爸和皮考克先生就开始拉小提琴，人们跟着音乐继续跳。正是对这样的好时光的期待，支撑你度过艰难的一周。

当然也有人反对谷仓舞会，坎贝尔牧师就明确表达了他的态度，他说谷仓舞会导致罪恶。除了老爸，大部分浸信会徒都这样认为，但是不少人还是会来参加谷仓舞会，因为他们家里大多有弹弹琴、唱唱歌的传统，他们做这些事儿的历史可比成为浸信会徒的时间长多了。

很多人没想到凯勒和皮特曼女士会反对谷仓舞会，其实她们反对的主要是收音机里的流行音乐。凯勒女士告诉老爸，收音机里的那些歌曲不像我们大山里的民谣那么高雅。“那些歌儿既花哨又庸俗，充斥着廉价的爱情。”她说。

“但是人们喜欢伴着这种歌儿跳舞，”老爸说，“你不喜欢跳舞？”

“不，我不反对跳舞。”凯勒女士解释道，“但是我觉得我

们不该丢掉传统里的精华，反而引入糟糕的音乐。大山里本来有好多美妙的音乐，你们应该努力发扬它，而不是用那些关于恋人的争吵什么的乱七八糟的歌曲去埋没它。”

“你喜欢的那些民歌，除了恋人的口角这种内容，还有什么呢？”老爸反问道，“你只是喜欢老歌儿罢了。但老歌儿没什么了不起，我们在收音机上听的这些歌儿，有朝一日也会变成老歌儿，人们也会觉得它们有价值得很呢。”

现在，妈妈像凯勒和皮特曼女士一样喜欢传统民歌，又像坎贝尔牧师一样，相信跳舞会导致罪恶。但问题是，没什么人比妈妈更喜欢跳舞了。这真是太令人纠结了。

妈妈十五岁才成为浸信会徒，那时，她参加了一场帐篷复兴聚会，在那次复兴会上，她的灵魂被主拯救，过去的罪恶也一并洗清了。在此之前，她的家庭虽然每周日诵读《圣经》，在安息日不工作，但是从不去教堂，高兴时也喜欢尽情地唱歌跳舞。妈妈说她真希望自己一生下来就是浸信会徒，这样她就不会爱上跳舞，也就不用为了跳舞的爱好而如此苦恼了。

“怎么才能成为天主教徒呢？”她问皮特曼女士，“什么人都可以加入吗？”

“是的，但是我记得离这里最近的天主教堂在阿什维尔，”

皮特曼女士说，“或许你该试试卫理公会，他们的教会就在松杉岭那边。”

妈妈叹了口气，我可以看出她不打算改变信仰了，就算教皇愿意每个周六带她去舞会也不改了。

“如果斯帕克斯先生可以拉小提琴，你会来唱歌吗？”皮特曼女士循循善诱，“也许你们全家都可以来看。”

妈妈的眼睛闪闪发光，我知道她正在思考自己是否能够说服老爸。妈妈喜欢跳舞，但她更喜欢唱歌，而且给一群人歌唱对她而言是最令她骄傲的事情。

正在这时，哈兰从谷仓溜达回来，他刚才在那儿帮助詹姆斯清理老丹马厩里的脏东西。“我来唱，我唱得最好了。”

哈兰唱歌的声音，就好像一只被装进纸袋又拼命想钻出来的猫的嚎叫。从这件事儿来看，其他的事情他也是睁着眼睛说瞎话。

“告诉皮特曼女士，那个差点掐死你的鬼的事儿。”我催促他，“我跟她说我们这儿有鬼，她从来都不信。”

哈兰的耳根变得通红。“啊，她不会想听鬼故事的，年长的女士对这些可不感兴趣。”

“才不是呢！”皮特曼女士说着，弯下腰看着哈兰，“我最喜欢听这种故事了。”

于是，哈兰磕磕巴巴地讲起来，讲得前言不搭后语，漏洞百出。于是，皮特曼女士和我们都知道这个故事是他自己编的。

“你真不应该。”我对哈兰说，“你和詹姆斯简直是两个坏透了的男孩子！”

“呃，我们没那么坏啦，”哈兰露齿一笑，“我们就是想找点乐子。”

我本来会更生他的气，但我想起自己也编过一两次遇到鬼的故事，就消气了。我偷偷告诉你，卡罗琳表妹，我其实从没在谷仓里看见过山姆和乔——爸爸常说的住在那儿的两个老鬼。我觉得詹姆斯也没见过，但我们都装作好像他们就生活在那儿一样。我们明明知道那儿没有鬼，但还是尽力让对方相信他们就生活在那儿。

其实我觉得哪里都没有鬼。

你喜欢鬼故事吗，卡罗琳表妹？我知道几个特别恐怖的鬼故事，听了能让你背上的汗毛都立起来。如果你给我回信，我就讲给你听。

你的表姐

阿里·梅·斯帕克斯

第8封信

亲爱的卡罗琳表妹：

我接下来要告诉你一件事儿，你肯定觉得不可思议。今天，我偷偷跑去定居点学校了，我想和来自巴尔的摩的孩子多见见。想到那些孩子就在山那边，等着和我做朋友，我如果不去的话，晚上简直睡不着觉。

从我家到定居点学校很方便，沿着手杖溪旁边那条弯弯曲曲的小路一直走就是了。那条小路通向大河，自从去年邮局建在火车站旁边后，这条路被人踩得更厉害了。那些没事做的人都会说“我去看看最近有什么新鲜事”，然后就跑到邮局去溜达一圈。艾丽·梅兹女士不光负责分拣信件和包裹，还负责收集和传播流言蜚语。如果你想知道谁生病了，谁正在追求谁，谁和谁在周六打了一架，到邮局去闲聊一番，准能得到答案。

有时候，我和詹姆斯会去火车站看三点钟的火车经过。如果没有邮包要取，这趟火车是不会停的，但是路过车站时它总会慢下来。我和詹姆斯喜欢使劲地望向车厢里的人，冲他们挥手，车厢里的人有的也会和我们挥手，有的则装作没看见。

定居点学校距离小路尽头只有几分钟路程，从我家走到定居点学校也不过十五分钟而已。唯一的问题是，老爸不让我们去那儿。

你总是乖乖地听你爸爸的话吗，卡罗琳表妹？在巴尔的摩的孩子来到这里之前，我一直很听话，一部分原因是我想做个好孩子，另一部分原因是我不想惹老爸发脾气。他这个人并不坏，但如果有人惹恼了他，他就会跟熊一样暴躁易怒。詹姆斯的性格跟老爸一模一样。老爸一发起脾气来，就会怒气冲冲一言不发地离开房间，詹姆斯也有样学样，这种情况我见过很多次。对我而言，老爸离开房间就是一个信号——你该小心点儿了。

我才不想和老爸对着干。但是那天早上一醒来，我就知道今天我必须不听话一次。在我看来，汤姆·威尔斯和我注定要做朋友，但如果我一直在家里，他一直在学校，我们怎么做好朋友呢？我必须要到定居点学校去，没什么好商量的。

我迅速做完早晨的家务活儿，然后去谷仓那边找詹姆斯，他正往猪圈里倾倒东西。我跟他说了我的计划，他摇摇头说："你知道，如果老爸知道你去那里了，你就完蛋了。"

"但是下午之前，我已经没有家务活儿了，"我回答，"又没人规定在这之前我必须乖乖待在家里。"

"但是家里有规定，我们不能去民谣采集者办的学校啊。"

"你只要跟爸妈说我到邮局去跟艾丽女士聊天就好了。为了让这事儿成真，我会顺道去邮局逛逛，和她打个招呼。"

詹姆斯若有所思地说："如果他们不问我，我就不会告诉他们你去了定居点学校。"

我知道这是詹姆斯能给出的最大限度的承诺了，平常他会为了逗乐而开玩笑、恶作剧，但在严肃的事情上，他讨厌撒谎。我觉得爸爸妈妈根本不会问起我去哪儿了，如果我们做完了家务活儿，又不需要照顾小约翰的话，他们对我们的管束相当宽松，让我们四处去玩。

在往小溪走的路上，我感觉自由极了。天空中有蝴蝶在飞舞，微风吹拂着叶子，弄出一种窸窸窣窣的温柔声音。鸟儿在枝头闹着，山齿鹑叫着"好呀！好呀！"，哀鸽则回答着"喔哦，喔哦！"

我不禁开始回想这几年，我们的大山里发生的各种各样

的好事情，定居点学校、邮局、萨里女士，还有威姆斯医生和他的妻子奥莉薇亚女士——她是个护士。奥莉薇亚女士的肺不太好，他们去年搬到这里居住，因为大山里的新鲜空气对她的身体有好处。妈妈生小约翰那晚，就是她在我们家帮忙接生。

现在，又来了巴尔的摩的孩子！他们当然是发生在我们这儿的又一桩好事情！我一边沿着小路踢踢踏踏地跑下去，一边想着，我——阿里·梅·斯帕克斯，生活在北卡罗来纳的岩石角是多么幸福啊！

我还要告诉你一个秘密：离定居点学校越近，我心里越忐忑不安。身边的大部分人，我一生下来就认识，熟悉他们就跟熟悉我自己的十根脚指头似的。但是露丝、汤姆·威尔斯还有其他孩子，对我而言就仿佛是巴黎的国王和皇后一样遥远，如果他们觉得和我玩是浪费时间怎么办？我们上次去山洞找鬼魂老温德尔·麦克宾时，汤姆表现得挺友好，不过那会儿我们是一大群孩子一起玩，我并不知道他对我的真实看法是什么样的。

我能做的只是一遍一遍告诉自己："阿里·梅·斯帕克斯，你是个好女孩……"每次我做了什么事儿让妈妈高兴，她都会这样说。我把这几个词编成小调，在嘴里念念有词地唱着，沿着小路一直往邮局跑去。

“嗨，阿里·梅！”艾丽看到我，冲我打了个招呼。她正趴在柜台上，无所事事，嘴里嚼着一块口香糖。“你又要给罗利市的表妹寄信了吗？”

“今天不寄，可能明天来寄。”我对她说，“我今天只是想过来溜达溜达，聊聊天，看看你在忙什么。”

“噢，我的骨头都要散架了，头也疼得厉害。你听说过什么黏液囊炎吗？我刚刚在《妇女之家》上读到一篇写这个病的文章。”

有时候我想，如果以后能在邮局工作就好了，这样我就可以像艾丽女士那样，把寄来的杂志都看个遍。总是有人抱怨艾丽女士看他们的杂志，因为艾丽女士老是把咖啡滴到他们的《新式农民》和《星期六晚邮报》上，而他们都还没来得及读呢。不过，我不喝咖啡，所以不用担心这个问题。

艾丽女士继续唠叨着那些困扰她的病痛，然后有人来了，她马上挥手让我赶紧走，就好像我浪费了她宝贵的时间。从邮局出来，我就到定居点学校去了，不断在心里默念着：“我是个好女孩，我是个好女孩……”而且妈妈也说，都是人嘛，相似点总比不同点多，对吧？

我到学校的时候，巴尔的摩的孩子们正在主屋后的大菜园里工作。这个菜园是皮特曼女士的骄傲，因为学校用的大部分蔬菜来自这里。要知道学校要供不少学生吃饭，他们来自岩石角、贝克斯维尔、克雷伯里、松杉岭，年龄大都在十五岁到十七岁之间。男孩们的宿舍在主屋的一边，女孩的在另一边。

皮特曼女士正在菜园中间拿着锄头挖地，她看见了我，招招手，然后走过来，说道："嘿，阿里·梅，我可没想到会在这儿看到你，家里出什么事了吗？"

"哦，没有什么，女士。我就是过来看看这些孩子们，坎贝尔牧师说热情待客是基督徒的基本准则之一。"

皮特曼女士赞同地点点头。"说得对，那些孩子们正在享受清晨大山里的新鲜空气呢！"

皮特曼女士的口气听起来好像那些孩子真的很享受一样，我看到的却是完全不同的情景——几个小孩子抓起一团团野草互相扔着，倒玩得开心；剩下的几个巴尔的摩孩子则斜靠在锄头上，抹着额头上的汗珠，看上去惨极了。

我在人群里寻找着汤姆，发现他站在一排秋葵后面，正注视着手里的什么东西。当他看到我时，伸出一只手，掌心里有个东西。

"这是个奇怪的小家伙，"他嚷道，指着那个在他手指间扭来扭去的毛虫说，“我从来没见过这种东西。”

“嗯，这是毛毛虫。”我仔细看了看，对他说，“你可以通过它身上的条纹来判断冬天会有多冷。看见了吗，有些条纹是棕色的，有些是黑色的。如果棕色条纹更宽，这年冬天就会比较温暖柔和，如果黑色条纹更宽，哦，伙计，这说明今年冬天一定会下大雪，雪大得要到四月份才会消融呢。”

汤姆仔细观察着毛毛虫，它爬过他的手掌，爬到袖子边缘。“我听过一个说法，橡树果可以预测冬天的天气。如果橡树结的橡果比平常多很多，那么冬天一定会冷得厉害。这是大自然为松鼠准备的过冬粮食，但我的问题是，大自然怎么知道冬天冷还是不冷？”

这可正问到我熟悉的话题了。“大自然知道好多事情，好多我们不了解的事儿，大自然都知道。你知道吗，如果下雨的时候还有太阳，那么雨就不会超过半个小时；如果你看到乌鸦飞得特别低，意味着马上要刮好大好大的风。”

汤姆抬起手，好像想让我停一下。他说：“让我拿出我的本子，我想把这些记下来。”

然后，他从裤子口袋里抽出一个扑克牌大小的本子。“我喜欢收集各种各样有趣的信息和故事。”他告诉我，然后把毛毛虫从袖子上拨到草丛里，“总有一天，我要当个作家或者报

NOTE

纸记者。”

我还从来没遇到什么人想当作家或者记者的，我顿时觉得也许我也可以做这种工作。“如果想干这个，需要受什么样的训练呢？”

“如果你想做个作家，写就是了。至少我的老师，席德先生是这么说的。‘汤姆，别光想着做个作家，开始写作！’他总是这样对我说。”汤姆弯下腰，揉揉他的左膝，好像膝盖很疼，“我们找个地方坐会儿好吗？”

“坐在那边那棵树底下，怎么样？”我指着那棵离菜园有一点儿距离的漂亮的栗子树。

我们走过去坐在树下，汤姆花了点儿时间把自己调整到舒服的坐姿。我能看出他的腿让他很不舒服，我很想问问他，他走路为什么一瘸一拐，又觉得这样不太礼貌。于是我改问，他写过什么故事，或者有什么故事准备写下来？

“我估计写了一百个都不止。”他说道，“我不擅长跑步和玩游戏，所以我有很多时间写作。我才不在乎能不能跑步和玩游戏呢，比起做这些事情，我更愿意花时间来写点东西。有时候自己编，有时候拜访邻居，让他们讲些有趣的经历。我用这种方式锻炼我的新闻写作能力，因为席德先生说，做记者要具备的基本能力就是收集细节。”

“我希望我们这儿也有新闻可以写，”我告诉他，“你们从巴尔的摩来就是我们这一年来最大的新闻了，但是我估计写关于自己的新闻有点儿怪怪的。”

汤姆不好意思地看了我一眼说：“如果我们合作，嗯，我猜……我猜……我们可以整出点好玩的故事。你可以给我当向导，这样妈妈就不会老说我一个人到处乱跑了。每次我一离开她的视线，她就觉得我好像马上要被山狮吞掉了。”

我太希望能和汤姆一起写点新闻了，我几乎可以想象到那感觉多美。只是我完全不知道该怎样收集故事，或者去发现点儿有意思的线索。如果是那样，汤姆以后一定会觉得找我帮忙是个天大的错误。

但是，如果你正在寻找一位真正的朋友，而且那个有可能成为你真正朋友的人坐在你身边，向你提出请求，你一定会设法达成他的愿望。

“如果你给我点儿时间思考一下，我一定能想出无数好玩的故事。”我大声说道，“我就是需要静下心来想一想。”

汤姆看起来很开心。“太好了，现在再告诉我一些关于毛毛虫的事情，这样我就可以把所有的细节都写到本子里。”

卡罗琳表妹，我们那天早上就坐在树下，互相交换故事。我们聊了各种各样的事情，从关于动物的趣事，到关于来生的观点。我告诉汤姆，我觉得天堂一定就跟北卡罗来纳的岩石角一模一样，他说他也这么想。

我回家吃晚饭时，妈妈狐疑地看了我一眼，但是她没问我去哪儿了。至于老爸，他一整个早上都在高处的地里工作，根本没注意到我离开过。

我正就着黄昏的微弱光线写这封信。明天早上，我会散步去艾丽女士的邮局，然后或许，我只是说或许，我会顺道去拜访巴尔的摩的孩子，毕竟，热情好客是一个好基督徒的本分，正如坎贝尔牧师告诉我们的。

你的表姐

阿里·梅·斯帕克斯

第9封信

亲爱的卡罗琳表妹：

有时候我会思考，给你写这些信有意义吗？如果我们能做朋友的话，妈妈会很开心，即使这个友谊只是我单方面的，但这至少能成为我继续写信的动力。此外，我发现开始给你写信后，我对每天做了什么事情，别人说了什么话，还有我脑子里冒出了什么样的念头，都记得更清楚了。有时候我很惊讶，我每天竟然有这么多话要写。这说明我的生活还是很有意思的嘛，虽然我的某些亲戚并不这样认为。

今天我又发现一个写信的好理由——我们永远不知道会在邮局碰到谁。你知道吗，我们可能会在那里碰到真正的朋友，并且开始一场冒险。

其实，当我走上去邮局的小路时，最不想见到的人就是汤姆·威尔斯了。当我看到他时，我想他难道不需要学点什么吗？比如做木工活儿，或者编篮子？我甚至不知道他们允许这些巴尔的摩的孩子自己出来乱逛。

但是，他就坐在那条长椅上，我和詹姆斯平时喜欢坐在那上面等火车过来。看到他坐在那儿，我的心都缩紧了，生怕汤姆是要离开这里。但是当我注意到，他的身边没有放行李，我就放松下来。

“你怎么没在学校？”我叫了他一声，跑了过去，“你这会儿就把功课做完啦？”

“今天早晨，我已经花了两个小时学习如何在织布机上织桌布，我觉得一天学这么多已经足够了。”汤姆冲我挥了挥手中的一包信件，“皮特曼女士问我，能不能帮她寄信，我估计她是想把我打发走。”

“为什么？你惹了什么麻烦吗？”

“估计是我在她的历史课上提太多问题了。我现在对织布机和织布历史的了解超过全国任何一个和我同龄的孩子。”

我挨着他坐下。“织一块桌布或者别的什么应该很有趣，我还从没织过呢。”

汤姆好奇地看着我：“这里不是每个人都会织布吗？”

“据我所知不是，我奶奶会织，但是现在我们都从商店买织好的布，没人自己织了。”

“我很好奇，皮特曼女士知道这个情况吗？”

“我想她大概很反感从商店买现成的东西吧，她喜欢传统的生活方式。”

汤姆拿着一沓信件，在板凳上轻轻地敲着，把它们理整齐。“我可以在外面一直待到中午再回去，你想找个地方探险吗？”

我瞅了一眼汤姆的腿，那条不怎么好的腿。就在前一天，我还为能和汤姆一起探险，寻找好玩的新闻线索而兴奋不已，现在我却担心汤姆是否真的准备好在山坡上和树林间攀爬。“在我们这儿不管去哪儿都要爬上爬下，”我说，“到处都是树根和岩石。”

汤姆脸上浮起一团红晕。“我能爬的，只要不跑，我什么都行。”

我点点头，觉得汤姆一定很了解他能做什么，不能做什么。“那就好了，那我们把信寄了，我带你沿小溪看看。”

现在，手杖溪已经不再荒僻，是个人来人往的地方，大多数时候能看到的是鸟和鱼，偶尔也能看到一两条从水里游过的蛇。如果你听到小路上有嘎吱嘎吱的脚步声，大部分时候是有人往邮局或者定居点学校走来。但是对于在大城市长大的汤姆来说，我想探索手杖溪已经算是非同寻常的冒险了。

完全想不到我们将会遇到什么。

走着走着，我发现汤姆是个石头鉴赏家。“看看那一块，”他说，指着从水里露出的一块石英材质的尖石头，“我很好奇这块石头得有多少岁了？一千岁？十万岁？”

我从来没想过石头有多大年纪，它们对我来说好像是永恒不变的，而不是那种有自己年龄的东西，我问他：“你怎么知道？”

“有种科学方法可以看出，”汤姆确信地说，“只是我也不太懂，好像是通过石头的岩层来判断。”

我开始沿路研究起露出河床的石头，有石英、石灰石，还有不少亮闪闪的云母。我伸手捡起一小块云母，给汤姆看，想让他告诉我怎么把云母一层一层掰下来。正在这时，我回头一看，看到一只熊。

那是只黑熊幼崽，它正站在小溪对面，静静注视着我们。

“汤姆，”我低声叫道，“我要是你的话，就不会突然做什么大动作，我们需要很慢很慢地退回去。”

幸好汤姆没有惊慌失措，他没有大叫，甚至没吭一声，他完全按照我所说的，悄悄退了一步，又退了一步。我继续压低语调说：“现在，你可能还没注意到，小溪对面有只幼熊，光看它瞅我们的眼神，就知道它一定对我们有兴趣。”

汤姆停下脚步，“我看到了！”他兴奋地压低声音说，“它会来追我们吗？”

我跟熊相处的经验少得可怜，但是我听别人说过一些，知道大概会发生什么。“它不会攻击我们，但如果熊妈妈在附近的话，她很可能来追我们。所以我们最好像刚才那样，慢慢退出去。”

但是事实表明，汤姆对离开一点儿兴趣都没有。至少他的脚没有兴趣。他的手悄悄伸向裤子口袋，去拿他记录东西的本子。

“你可以过一会儿再记！”我小声对他说，“现在可不是时候啊！”

汤姆已经开始龙飞凤舞地写起来。“现在就是时候！我什么时候还能再和一只熊面对面呢？”

“如果它妈妈把你吃掉的话，你就再也没机会了。”

“给我一分钟。不管怎样，它就站在那儿没动是不是？”

“我担心的不是它！”

我进退两难，我知道聪明的做法是赶快跑掉，不要引起一点儿动静。没人能阻拦我从一只熊面前逃走。但是我不能丢下汤姆啊，是不是？什么人能丢下自己真正的朋友，让他被熊吃掉呢？

“黑熊和棕熊有什么区别？”汤姆问道。谢天谢地，他还记得要小声说话，虽然我并不觉得小声说话能够保住我们的小命儿。

“这附近没有棕熊，这就是区别！我们可以走了吗？”

汤姆竖起一个手指。“再一会儿就好，我想描述一下它的眼睛，那双眼睛看起来那么智慧。”

我开始觉得那只小黑熊比我和汤姆都聪明，比起我俩来，它简直就是《圣经》里的所罗门王。如果它是我们，早就转身逃跑了。

黑熊已经站在那里静静凝视我们一会儿了，但是它突然扭头朝树林跑去，我听到一阵瑟瑟声从树林中传来，知道我们的末日就要到了。

“熊妈妈来了，快走。”我拉住汤姆的胳膊。

汤姆终于听话了，我俩一步一步往后退，直到退回到小路上。

“让我们去看一眼熊妈妈吧，阿里·梅，”汤姆恳求道，“她一定特威风，而且我们在这儿很安全，你不觉得吗？”

这次我坚持了自己的立场：“我可以带你去看熊妈妈的图片，萨里女士的百科全书上都有。但是如果你现在还不走，你就会害死我。”

我很高兴告诉你，想到我将惨死于黑熊的利爪之下，汤姆觉得难受极了，于是他用最快的速度沿着小路撤退了，比你想象的可快多了。他一边跑一边不时地回头，或许我不该这样想，但我完全肯定他希望熊妈妈在后面追我们。

这次遭遇对我来说，有点儿太冒险了，简直承受不住了。

我俩跑回邮局时，都呼哧呼哧喘着粗气，扑通一声在长椅两边坐下，努力让呼吸平缓下来。

“我们看到了一只熊！阿里·梅！”汤姆终于可以大声惊叹了，“我简直想马上写信给爸爸，告诉他这一切。”

“别忘了告诉他，你差点害我俩都被熊吃掉！”

汤姆完全把我的话当做耳边风，好像我是他旁边一只嗡嗡作响的苍蝇。“我们没事儿！根本没遇到什么危险呢！”

我盯着他看了很久。“你难道不是来自马里兰州的巴尔的摩市吗？”

“这是什么意思？”

我摇摇头说：“你确定你不是这儿的？”

这话让汤姆大笑起来，我也笑起来，我们笑啊笑啊，停不下来。我们笑得那么厉害，以至于艾丽女士从邮局里出来，看我们是不是出什么事了。

“你俩快回家去！”她冲我们嚷道，“别吓跑我的顾客了。”

汤姆站起来准备走，而我说，我最好再坐几分钟。汤姆走了之后，我又忍不住笑了一会儿，但是想到我还要走那条路回家，立刻就清醒了。如果熊妈妈还在那条路上寻找着我们，怎么办？

我一边想着，一边挣扎着站起身，安慰自己，如果我真被熊吃了，至少爸爸妈妈在森林里找到我那散落在各处的骨头时，汤姆还可以跟他们解释发生了什么。

然后，我就一路飞奔回去了。

现在，我想如果我不是跟汤姆一起，可能也会遇到那只熊，当然，只有我自己的话肯定跑得快得多，要比汤姆遇到熊时表现得理智。

可是汤姆不在的话，那就算不上一场冒险了，不是吗？那就不能成为一件我可以不断和别人吹嘘的事儿了。而我遇到这一切，是因为我给你写了一封信，要把它寄出去，卡罗琳表妹。

所以，我很快还会再给你写封信，就算你不值得我写。

我并不是在对你评头论足，因为我从不评价人。

你的表姐

阿里·梅·斯帕克斯

第10封信

亲爱的卡罗琳表妹：

昨天晚上，我又在想你为什么还没给我回信，突然想到，你一定是害怕你妈妈生气。也许她已经跟你说了：“卡罗琳，你绝对不能给北卡罗来纳岩石角的阿里·梅·斯帕克斯回信！我不管她给你写了多少封信。如果你不回信，她可能过段时间就不会来烦我们了！”

你可以告诉你妈妈，我会用一辈子的时间不停地给你写信，如果只有这样才能表达我们是亲人、我们应该成为最好的朋友的话，我是不会放弃的。

还有，如果我不继续给你写信，你怎么会知道我和汤姆发现了什么呢？

三天前，我到定居点学校去找巴尔的摩的孩子，你猜我最先碰到了谁？露丝·威尔斯！我当时真希望自己没有光着脚，也没穿那件溅了血污的裙子。那天因为妈妈忙着照顾小约翰，她让我去杀鸡，结果裙子就弄脏了。我告诉你，鸡头被砍下来的那一刻，血会从脖子里喷出来，喷得可厉害了，所以杀鸡的时候，你最好穿条旧围裙，而不是好看的衣服。

露丝走过来，用她那种优雅的姿态礼貌地问道："阿里·梅，我希望能有机会拜访坎贝尔牧师的妻子萨里。妈妈告诉我，她来自弗吉尼亚州，毕业于霍林斯学院，而现在，她隐居在这样一个原始的地方，我想她的经历一定很有趣。"

原始？我从来没觉得岩石角原始，可能我并不真正了解我所居住的地方，或者不太明白"原始"到底是什么意思。我只能告诉你，我们这儿的邮局还有电灯呢，我觉得这已经够先进了！

不过这些与露丝说的事儿并不相干，我对她说："如果你明天午饭后翻过山到我家来，我很高兴带你去认识萨里女士。她是我认识的人里面最好的一位了。"

露丝对我笑了一下，就像我是个小孩子一样。"哦，谢谢你，阿里·梅，我就知道找你帮忙一定没错。"

我回到家后，越想越不愿带露丝去见萨里女士。我怕她看见萨里女士简朴的房间后会嗤之以鼻，即使她自己说觉得萨里女士有趣。

但是，露西尔听说露丝·威尔斯要来家里，和我们一起去坎贝尔牧师家后，这事儿就开弓没有回头箭了。听了我对露丝的描述后，露西尔就立刻希望能够成为她的好朋友。露西尔喜欢漂亮的东西，像发带、金链子上的小金盒之类的，她一点儿也不在乎别人对她指手画脚。像露西尔这种总是试着提升自己、改变他人的女孩，简直天生就适合做露丝这种女孩的朋友。

我必须承认露丝有个优点——她特别有礼貌。当詹姆斯给她介绍妈妈时，她热情地问候道："您好吗，斯帕克斯太太？"然后赞美妈妈搭在椅背上的手工活儿。"这是彻恩达什图案吗？"她好奇地问道，"我听说这种拼布方法特别复杂。"

"你知道拼布的图案？"妈妈惊奇地问道，"我不知道山外边的人也把布拼在一起做东西。"

露丝绽放一个亲切的笑容："我自己倒不会拼，但是妈妈对家居和手工的东西有兴趣，她正在写一本关于内战时期的被子的书。"

"你妈妈在写一本关于被子的书？"妈妈看着那块搭在椅子上的布，摇了摇头。"这就是平日里用的东西，有什么好写的，不是吗？"

"这正是妈妈觉得有趣的地方，"露丝解释道，"它们是日常用品，但是又如此美妙。”

妈妈看起来还是很疑惑，“我想大概是吧。”

露西尔一见识到露丝说话做事那股讲究劲儿，就立刻冲进卧室，把衣服换成她周日穿的最好看的那身儿，我知道她一定希望她有身更漂亮点的衣服。当她昂首挺胸走回厨房，妈妈看了她一眼说：“嚯，露西尔小姐，你赶紧回屋去把刚才那身衣服换回来。等会儿在树林里跋涉会毁了这身衣服的。”

泪珠在露西尔眼里滚来滚去，我想知道她会怎么努力忍住使它们不掉出来。露丝把手放在露西尔的肩膀上，说：“这裙子真好看，露西尔，如果弄脏或者弄破了就太可惜了。”

露西尔抽了几次鼻子，然后可怜兮兮地看着露丝。“或者我们可以就待在这里？我可以给你玩我的娃娃，她叫做钱德瑞尔。这个名字好听吗？我从一本书里看到的。”

露丝笑了笑，但并不做作，这让我更喜欢她一点儿了。“我很愿意见见钱德瑞尔。这样好吗，你把裙子换回来，然后我们带着钱德瑞尔一起去坎贝尔太太家？我也很想认识坎贝尔太太呢！”

就这样，我们深一脚浅一脚地穿过树林，去萨里女士家了。詹姆斯和哈兰开路，露丝和换回常装的露西尔紧跟其后，我留在队尾和汤姆一起走，因为汤姆的腿有毛病，他比

别人走得要慢一些。

“这儿简直是我见过的最绿的地方了。”汤姆说，他十分惊奇地东望望西望望，“不管往哪儿看，都是绿树、绿叶、绿灌木丛和绿藤蔓。我真希望知道这些植物的名字，这样我就可以记在小本子上了。”他指了指一丛开白花的灌木，“比如这个！”

“这是山月桂，”我告诉他，很骄傲自己知道点这方面的知识，尽管对这里的人来说是常识，“它们长得到处都是，很漂亮，因为它们的叶子整年都绿着，闪闪发亮，而且……”

我还没说完，汤姆就迅速在嘴唇前竖起一根手指，于是我闭上嘴。他冲着小路左侧点了下头，我往那边看去，嗯，也许我的眼睛捕捉到了一束闪光，就好像大风刮过一簇靠近地面的绿叶，但是我没看到别的什么。“我没有看清，你看到什么了吗？”我说。

“我看到那边有个人。”汤姆说，不过他听起来有些犹犹豫豫的，“一个穿着白裙子的女孩，她……她……全身都闪闪发光。”

我多希望我能告诉汤姆，我也看到了一模一样的情景。如果这样能让汤姆成为我的好朋友的话，我或许可以撒个谎，但是我非常不善于说谎，所以我说了他可能也不会相

信。“我可能也看到了点什么。”我说，“至少我觉得我可能看到了，只是我说不出那是什么。”

“可能只是一只鸟。”汤姆说，叹了口气，“那样就不足以成为一条头条新闻了。”

“如果你看到了什么，那就一定是。”我坚持道，突然我有了个灵感，“你看到的说不定是奥兹·奥德姆！人们经常看见她在这一片儿游荡，我虽然没碰到过她，但很可能是她！”

“奥兹·奥德姆是谁？”汤姆问道。

“詹妮·奥德姆姑妈的小女儿。当然，她现在是个鬼魂了。她很久很久之前就死了，我不知道是什么原因。”

汤姆露齿而笑，他的精神显然振作起来了。“你可没告诉我这片儿有鬼魂出没！”

我耸耸肩，就好像见惯了这种东西似的。“这儿到处都有鬼魂出没，到处都是。”

我们继续往前走，边走边东张西望，希望能再看到奥兹的身影。当我们抵达萨里女士的家时，其他人都已经走上了前廊的台阶，站在门前等我们。

“你们怎么花了这么长的时间？”哈兰问，“我们都开始想你们是不是被熊吃了。”

“我们在欣赏路上的美景呢。”我用最文雅的方式说道，希望露丝觉得我还算聪明，“这一带有那么多优美的风景。”

“你听起来怪怪的，阿里·梅，哪儿不舒服吗？”哈兰疑惑地看了我一眼。

“阿里·梅是为了在客人面前表现得有礼貌，我希望你也能这样，哈兰·博伊德。”露西尔侧过身去，在哈兰胳膊上重重捏了一下。

作为回应，哈兰朝门廊吐了口唾沫。他看起来更愿意给巴尔的摩的孩子留下印象，而不愿意保持露西尔教他的良好风度，等到巴尔的摩的孩子回家后，他会为此感到后悔的。

萨里女士正等着我们，她来到门口迎我们进去。“你们来得正是时候，我刚刚做了拿手的黑胡桃饼干。”

大家都在餐桌旁坐下后，露西尔的眼睛就一直盯着露丝不放，学着她的一举一动，包括抖抖餐巾，把它像张毯子一样平铺在腿上。你可以看出露西尔是竭尽全力想变得优雅，像个淑女。但是做个淑女并没影响她在哈兰一下子往嘴里塞进三块饼干时，在桌子底下使劲踢他。

“你干什么，露西尔！”哈兰哀嚎一声，喷出一口饼干屑，全吐在萨里女士漂亮的桌布上，“你陪着客人的时候不该踢我！”

露西尔摇摇头，说：“哈兰·博伊德，你死定了！”

这时，露丝开始掌握谈话局面，问起萨里女士的亲人，她的学校，还有她作为一个外面的人是否喜欢大山里的生活。

“哦，我不觉得我是个外人，一点儿也不！”萨里女士对最后一个问题这样回答道，“这是我到过的最美丽的地方，我们遇见的每个人都热情而慷慨。人们总是给我们送来各种各样美味的食物。坎贝尔牧师说，我们生活在世界上最淳朴的人之中，我觉得真的是这样！”

“但是，你难道不觉得同那些人聊天很困难吗？他们与你差距那么大？”露丝问，小小地咬了一口她的饼干，“你和这儿的人能有什么共同点呢？”

啊，这句话让我惊讶得合不拢嘴，露丝·威尔斯以为她是谁，可以说萨里女士不是我们中的一分子？

萨里女士沉思了一会儿，说：“哦，我认识至少两位和我一样爱读百科全书的人。”她对我和詹姆斯微笑着，“我来到大山里就是为了找这样有共同爱好的朋友。”

露丝看起来也在思考，但是并没有作出回应，只是又拿了一块饼干。可以看出她觉得萨里女士这么说只是为了表现得礼貌。

我决定用这个机会来找点供我们写写的新闻。“你在树林里看到过什么闪闪发光的东西吗，萨里女士？我和汤姆今天

过来的路上好像看到点什么。”

汤姆看起来并不想说，但是露丝一直盯着他，所以他觉得自己没得选。“我觉得我在树林里看到一个女孩，就像阿里·梅说的，她全身闪闪发光，只是她马上消失了。”他瞥了一眼萨里女士，“阿里·梅说那可能是奥兹·奥德姆。”

萨里女士点点头，说：“噢，詹妮姑妈的小女儿，那个死于高烧的女孩子，我想可能就是她！”

“我听说有个女孩子的鬼魂夜间在这一带出没，找她的妈妈。”我说，“你听说的也是这个故事吗？”

“就是这个。”萨里女士表示赞同。

“你可以告诉我詹妮·奥德姆姑妈的故事吗？”汤姆伸手到裤兜里取笔记本。

“詹妮姑妈？好的。她住在朝圣角，”萨里女士说，“离这里有一公里半。她活了有一百岁了吧，自己一个人住。我每个月第一天都会去看她，她每次都在做有趣的事情。上次我去看她的时候，她正在写自己的私房菜谱，她叫它‘我的菜谱’。她说她曾在图书馆听到过这个词，而且认为任何好点的图书馆都想收藏一本她的菜谱。”

“哼，鬼魂这种东西，”露丝坚定地说，“只有胆小的人才会相信。”

萨里女士冲她笑了一下，拿起那盘饼干说："再吃一个，露丝？"

我和汤姆想去找詹妮·奥德姆姑妈，问问她女儿奥兹的故事。如果这片林子里有个鬼魂，那么这一定是个值得大书特书的新闻。

我们吃完了饼干，萨里女士就拿出她的地图集，我们一边看一边指指点点，说着各自想去哪个国家旅行。露丝说她想去非洲看老虎，但詹姆斯说他记得老虎主要生活在印度，他们争论了一阵子，直到所有人都累了，我们就回家了。

那天晚上，我躺在床上睡觉的时候，不自觉地笑起来。我和汤姆有个故事可以写了。我们可以一直追寻那个闪亮的小女孩——奥兹·奥德姆的故事，像真正的作家一样把它写成一篇文章。只要一想到这些，我就睡不着觉了！

汤姆和我约好周五去詹妮·奥德姆姑妈家，也就是三天后。这几天内，他希望他手上那个伤口可以愈合。我问他怎么弄伤的，他说是做椅子时弄的，他当时正在把芦苇紧紧地绑在一起，制作椅面，一条锋利的芦苇边儿划破了他的手指。

在民歌采集者来这里开学校之前，我从来不知道人们还可以做活动椅面的椅子，但是汤姆说大山里的手工艺是一种悠久的传统。听起来是种很可怕的传统，我觉得。如果椅子都差不多的话，我想我还是从西尔斯·罗巴克公司商品目录中订购吧。

你的表姐

阿里·梅·斯帕克斯

第11封信

亲爱的卡罗琳表妹：

妈妈和爸爸今天下午大吵了一架，家里人都知道事情的结局会是怎样：爸爸在房间里转来转去，发脾气，好像每件事都必须听他的，但妈妈最终都能按自己的方式行事。

当然了，他们本来没打算让我们小孩子听到他们吵架。我们当时正在外面摘桃子，准备用来做桃子酱，那会儿还不到回家的时候。

但露西尔被一只蜜蜂蜇了，我们不得不提前回家。很多人被蜜蜂蜇都会掉两滴眼泪，因为蜇到的地方真的很疼，但露西尔被蜇之后，就表现出一副马上要死掉的样子。被蜇死的事情确实发生过，所以我和詹姆斯还是决定小心一点儿，尽管露西尔可能在小题大做。

我们到家的时候，露西尔看起来已经没事了，但她还是把手盖在眼睛上，显出一副心里很难受的样子。詹姆斯和我扶她走上前廊的台阶，詹姆斯正要伸手去开门时，爸爸的声音从窗户里传出来，我们几个人瞬间都定在那儿了。

“爱迪，我不会同意你去给那些人唱歌的！他们到这儿来，就是想把我们的生活变成他们喜欢的样子，我才不会忍受他们这样做呢！”

“他们说，他们是在保存我们的生活方式，”妈妈的回答传出来，“为此，他们才希望我去给巴尔的摩来的人唱歌呀，这样他们就知道大山里的歌是什么样的。”

“哼，他们喜欢我们按照一百年前的样子生活，不喜欢我们像现在这样生活，好像我们就该一直活在过去一样。他们老是给你讲，别听收音机，别读别人从阿什维尔带来的报纸。那些东西会让你变得堕落。”

“皮特曼女士说你可以在那儿拉小提琴，扎克，你难道不想当众表演你的小提琴吗？”

“不想对着那些人表演，他们根本不懂如何欣赏小提琴，”老爸说，“况且，我也厌倦了演奏老掉牙的歌曲。”

“对，扎克，可是你喜欢的那些收音机上的歌曲，确实不是我们这儿的啊！”

“我弹奏了之后，它就是我们的了。”老爸争辩道，“当我听过那些歌，又把它演奏出来时，它们就是我的。”

“但是你拉的老歌那么好听，扎克。民歌采集者肯定想听你弹奏音乐，而且你可以跟皮特曼和凯勒女士商量一下，或许你可以在老曲子之后弹奏点新的曲子。”

之后，房间里安静了片刻，老爸好像在思考。我和詹姆斯你看看我，我看看你。我们太希望妈妈去那儿唱歌了，如果老爸能在巴尔的摩的人面前拉琴，我们简直再骄傲不过了！如果一切顺利的话，说不定老爸会允许我们做完家务后去定居点学校玩呢。

“爱迪，这样吧，”老爸终于发话了，这时甚至露西尔都站起来，把耳朵贴在门上，“我们来做个交换，如果你能让她们两位女士在周六的谷仓舞会上跳舞，你就可以去定居点学校唱歌！”

“成交，扎克·斯帕克斯！”妈妈大声道，声音听起来活泼极了。

我不知道采集民歌的女士们会不会像妈妈这样喜欢这个交易。关于变和不变的事情，我总是闹不明白她们到底怎么想的。在定居点学校，她们教人们用新的方法做饭、种地、打扫以及照顾病人，这说明她们并不反对所有的新鲜事物，在某些方面她们也不介意我们改变传统。

但是我曾听凯勒女士说，她希望西尔斯·罗巴克公司的商品目录从没有传到这片大山里来，因为它吸引人们抛弃手工制品，改买商店里现成的东西。

我不知道为什么凯勒女士这样不喜欢西尔斯·罗巴克公司的商品目录，老爸去年圣诞节从这个商品目录给哈兰买了一把吉他，你真该看看圣诞那天早晨哈兰到起居室时眼睛里闪着的光芒。他才不在乎谁制作的吉他或者它从哪儿来呢。露西尔也得到一条从商品目录上买来的漂亮裙子，她周日去教堂时正好穿。那是条黄色的裙子，妈妈在杂货店是永远找不到这样好的布料的。这些东西我觉得都挺好，但凯勒和皮特曼女士觉得这些都是堕落的标志。

采集民歌的女士们做的好多事情，我都不能理解。晚饭后，詹姆斯的好伙伴威尔·梅康过来了，给我们带了点消息，令我烦恼极了。

威尔的姐姐西尔玛每天都会去定居点学校待一整天，晚上才回家，因此梅康家的孩子们知道定居点学校发生的所有事情。皮特曼女士正试着把西尔玛培养成一个秘书，可以去公司做打字员的那种。于是，西尔玛很多个下午都在皮特曼女士的办公室，帮她分类信件，把文件放进文件夹。

“告诉你们，今天我姐姐整理皮特曼女士的桌子时，看到一封信的复写件，是皮特曼女士刚开办学校时写的。”威尔跟我们说，我们三个都坐在前廊的台阶上，“你们都知道，西尔玛最爱管闲事了，所以她当然忍不住打开看了看。那封信是皮特曼女士写给山外的一个人，跟他要钱的。整封信都在写我们这边的人多么落后，皮特曼女士说，她简直不能相信人们这样子生活，生活在这样的无知和肮脏之中。这就是信里的原话——无知和肮脏。”

“皮特曼女士才不会这样写呢！”我伤心地叫道，“不会的，她是我们的朋友啊！”

“她可能是我们的朋友，但她肯定觉得我们的生活方式不怎么样。”威尔耸耸肩。

詹姆斯侧过身来，说：“也许皮特曼女士是想把事情说得糟糕点，好多要点钱。如果她跟人家说我们过得好得很，不需要什么帮助，他们可能给她寄一丁点儿钱就完事了。”

“或许吧，”威尔说，听起来不管怎样他都不在乎，“不过我妈妈打定主意要去跟皮特曼女士说道说道。她告诉西尔玛今天早上不许去定居点学校，不过西尔玛说她正在缝一条裙子，想在下次谷仓舞会前完成，所以她还是去了。”

我想，可能我也该去跟皮特曼女士说说我的想法。但是仅仅想到站在她面前，大声喊“你怎么敢这样？”都让我下嘴唇不停颤抖。世界上有露西尔这样的人，总是喜欢双手叉腰，大吵大闹。也有阿里·梅这样的，只把想法放在心里，一字不提。我希望我是另外一种，但我只是我自己，不善于当众大吵大闹。因此，我只是一声不吭地坐在走廊上，看着自己的鞋子，感受着心底深处涌出来的那股耻辱。

过了一会儿，我就走进屋里，躺在床上。皮特曼女士真的认为我们无知又落后吗？也许詹姆斯是对的，她必须这样说，才能得到开办学校的钱。但是，我仍然很讨厌山外的人们用这样的眼光看我们，因为这根本不是真的！如果我们的指甲缝里有一点点泥，妈妈都不会让我们进屋！

这是不是你从来不写信给我的原因呢？你也觉得我落后是吗？我希望不是这样，如果是，我希望你可以发自内心地重新考虑。

你的表姐

阿里·梅·斯帕克斯

第12封信

亲爱的卡罗琳表妹：

我有个糟糕的消息：有人请我们去野餐。

一般来说，收到聚会邀请，我总是会高兴地跳起来。野餐会有好吃的好玩的，若还有歌曲助兴就更好了。夏天的周日傍晚，教堂有时会有聚餐，那些聚餐上我们孩子都玩得特别开心！

通常我们会玩扔球游戏，孩子们分成两队，一队在房子这边，一队在那边。一个人把球朝屋顶扔过去，然后小鹿般飞跑到房子那边看有没有人接住球。如果没有，他就自己把球捡回来，如果有人接住了，接球的人就跑到扔球的那一方，想方设法把球砸到一个人身上。我们玩的另一个游戏叫作“城市球”，你把球打到跑者身上他就出局了。萨里女士说这种打法让她想起棒球，只是她不喜欢我们把球往人身上扔，但她不会批评我们，只是说“不要用球扔我！”而已。

所以，你可能认为只要有人邀请我参加野餐，我都会很乐意去吧。但是这次的野餐会是皮特曼女士组织的，我真的不想去。

来邀请我们的是露丝。她昨天早晨来过，她的小表妹梅兹像小尾巴似的跟着她。那会儿我正在靠近房子的花园里锄草，突然看见她们走了进来，两人全身都干干净净、漂漂亮亮的。梅兹和露西尔差不多大，从她的一举一动就可以看出她想成为像露丝那样的女孩，她走路的时候骄傲地把背挺得直直的，以显得仪态优雅。她俩都穿着蓝色有海军领的裙子、过膝的白色长袜和黑色的漆皮鞋，露丝头发上还扎了一根白色丝带。我想，头上没扎一根同样的丝带一定让梅兹难受极了。

“早晨好，阿里·梅！”露丝看见我就招呼道。每次露丝和我说话的时候，她的语气听起来一半友善一半嘲讽，我也搞不清楚她到底是什么意思。她很爱指挥人，但不像其他爱指手画脚的女孩那样讨厌。不过，我跟她在一起还是不自在。

“嗨，露丝。”我回应道，拍了拍裙子上的灰，就跟每次见到露丝一样，希望自己脚上穿着鞋子。“露西尔和妈妈去杂货店了，不过我估计她马上就会回来。”

“我们只能待一会儿，”露丝告诉我，“梅兹和我是从缝纫课上溜出来的，得赶快回去。皮特曼女士和我妈妈准备明天为这儿的孩子们举办一场野餐会，我们太兴奋了，所以一定要赶来告诉你才行。野餐会就在小木屋后面那片空地上举行，靠近小溪，我想一定会很好玩的。”

听到这个消息，我的第一感觉是失望，这样汤姆和我就得推迟拜访詹妮·奥德姆姑妈的计划了；第二个感觉则是，我并不怎么想和皮特曼女士见面，即使有野餐会也不想参加。知道她对我们的真实看法后，我又怎么能跟没事似的和她聊天呢？

“野餐需要穿什么样的衣服？”我问露丝。我希望有一篮子发带可以扎在头上，让皮特曼女士看看，我们大山里的女孩也可以很文雅，至少不邋遢。

“不必特意穿什么好衣服，我们还要玩游戏呢！”露丝告诉我，梅兹在她身后庄严地点点头，“你肯定不想把最好的衣服弄脏，对吗？此外，妈妈还担心如果要大家刻意着装来参加野餐会，有些男孩可能就不来了。”

“她说你们很多人根本没有稍微好点儿的衣服，”梅兹补充道，“如果让你们觉得自己穿得很普通甚至有点儿破旧，你们会觉得难堪的。所以我们也会穿自己最朴素的衣服，好让你们感觉自在点儿。”

“嘘，梅兹！”露丝教训她说，“你会让阿里·梅因为她没有这些东西而感到不开心。”

“没关系，”我含混地说，感觉自己渺小得还没有一英寸高，“我有比这更好的衣服，只是不喜欢在锄地的时候穿。”

“对，”露丝说，赞同地点点头，“当然最好别穿着周日去教堂时穿的衣服做家务啦！”

“我至少有五身裙子，”我撒谎道，“尽管两身有点儿小。妈妈就快带我去买衣服了，到阿什维尔的商店去买。”

其实我从来没去过阿什维尔，也没有穿过从商店买回的衣服。可是当你觉得自己渺小得还没有一英寸高时，什么谎都说得出来。

“最好的裙子是在裁缝那儿定做的，”梅兹教育我说，“伊格街的格林女士是最好的裁缝，现买的裙子很难做得十分地合身。”

“够了，梅兹，”露丝说，“不是每个人都能在格林女士那儿做衣服的。”

“妈妈说……”

“够了！”露丝冷冷地看了梅兹一眼，梅兹顿时把嘴巴闭上了。

“那么，说好了，明天见，阿里·梅。”露丝冲我说，“转告露西尔、詹姆斯和哈兰，我们很期待见到他们。妈妈和皮特曼女士准备了各种各样好吃的好玩的，你们准备痛痛快快玩一场就好了。”

我看着他们走下山坡到了小路上，就转回身坐在前廊的台阶上，我需要养养精神。当妈妈和露西尔从商店回来，拿着咖啡、糖和爸爸要用的钉子时，我还坐在那儿，发愁野餐的事情。我知道要想不去，唯一的指望是，爸爸不同意我们参加皮特曼女士的野餐会。但是他不讨厌野餐，只是不喜欢定居点学校而已，而且他认为拒绝别人的邀请是不礼貌的，反倒一定会让我们去。

“阿里·梅，花园里的草锄完没有？”妈妈看到我问道，“趁那些野草疯长之前一定要把它们除掉！”

“快完了，妈妈。”我回答道，“不过在我去锄草之前，得告诉你件事儿。”

皮特曼女士的野餐会不仅让我为难，更让妈妈觉得为难。我只需要担心自己，妈妈却要为詹姆斯、哈兰和露西尔所有人操心。对妈妈来说，她的孩子露面时看上去干干净净、体体面面是世界上最重要的事。我们可能没有好看的发带或者定做的衣服，但是我们必须有最得体的举止、最干净的脸庞和梳得最整齐的头发。每次去教堂前，她打理我们就好像大将军送军队去打仗一样。去教堂的那天，她从早晨就开始忙得不得了，吆喝着：给我拿来那个刷子！哈兰，赶紧洗洗你的耳后，都要长草了！阿里·梅，你的辫子要松了，你看起来会像个野丫头！

“哦，天啊！”妈妈听我说完皮特曼女士的野餐会的事后，哀叹了一声，“她真是没给我们多少时间准备。今天下午洗衣服，晚上给你们几个孩子洗澡，还得准备点儿东西让你们带去。”

“露丝说我们不用带什么，”我告诉妈妈，“估计她们已经准备好食物了。”

“但是你怎么也得带点儿东西，”妈妈大声说，“你不能两手空空去别人那儿做客，我可不是这么教你的。”

然后她就开始着急，想着该准备点儿什么吃的带去，最好是冷着味道也很好的东西，而且还要方便拿到定居点学校。

“我觉得做个苹果千层蛋糕带去不错，虽然必须要用掉最后的干苹果片。”妈妈说道，想了几分钟，“我还收着一个盒子，你们就用那个盒子带过去。”

“好啊，妈妈，做个苹果千层蛋糕吧！”露西尔大声叫道，“你的苹果千层蛋糕最好吃了！”

没错儿，妈妈的苹果蛋糕在这儿大受好评。基本上每次教堂聚餐她都会做一个，人们看到妈妈的蛋糕都会热烈欢呼，因为它实在太好吃了。

“好，我明天早晨一起来就做。”妈妈说，“这样你们在野餐上就可以吃新鲜的。来吧，女孩们，看看明天穿什么。”

我必须使出最后一招了。“爸爸可能会不高兴，”我对妈妈说，她这会儿正急匆匆地从门廊往屋里走，“他不喜欢我们和那个学校牵扯上关系。”

“那不一样，阿里·梅，”妈妈说，她的理由正是我所担心的，“这是一个聚会邀请，是人家的心意，别人表达好意时，我们不能不给面子。”

于是，我们花了半天时间为参加皮特曼女士的野餐会做准备。老爸、詹姆斯和哈兰从高地回来时，他们大发脾气，说为什么妈妈只弄了这么点儿晚餐——只有烧热的剩豆子汤，和不到一盘的玉米面包。不过詹姆斯听说野餐会的事后就高兴起来了，他看起来已经完全忘了皮特曼女士认为我们肮脏又无知的事儿了。

“我希望可以玩赛跑和游泳！”他叫道，“最好还有草莓冰淇淋。”

“草莓冰淇淋？”哈兰问道，好像他完全没想到还有这种

好事儿，“算我一个！”

卡罗琳表妹，我在深夜里给你写信。想着明天皮特曼女士的野餐会上可能发生的事情，我就睡不着。会不会有形状特殊的勺子和叉子，而我们不知道怎么用？如果我把汤汁洒到身上，汤姆觉得我很丢人，假装不认识我怎么办？尽管露西尔教了哈兰那么久，若是他在谈话的时候，还是到处吐痰、骂人，怎么办？我害怕他们这样做之后，皮特曼女士会更加认为我们就是不文明的、落后的人了。

也许明天早晨起来我会得肺炎，这样就可以待在家里。至少，我希望我能得肺炎。

你的表姐

阿里·梅·斯帕克斯

亲爱的卡罗琳表妹：

能告诉你今天发生了什么真是太好了。其中大部分事情我再也不想回忆起来，但如果我不写下来，我的脑袋就静不下来，有个声音一直对我说：“写信给卡罗琳，写信给卡罗琳……”尽管你都不会回信。我也很奇怪我脑子里为什么会冒出这样的声音呢？也许我只是养成习惯了吧，我已经习惯相信尽管你不回信，但你一定仔仔细细读了我的信，而且很想知道关于我的事情。

也许你的手残废了？如果这样，那我很难过，但同时我也明白你为什么不回信了。

我在和露西尔、小约翰共用的房间的窗子下写这封信。月光如流水注入房间，给每件东西都覆上一层银光，所以就跟点了灯一样亮。我凝视着小约翰的脸庞，圆圆的、红润的像个苹果。一直以来，他是我见过的最漂亮的婴儿，他现在依然很好看，只是快要九个月大了，所以不再是婴儿了，你可以在他的脸上看到小男孩的轮廓了。

有时候，我觉得像小约翰那么大多好，什么烦恼也没有。今天，妈妈把做好的苹果千层蛋糕装在盒子里，用一根细绳扎好，我拿着装苹果蛋糕的盒子，翻过山去参加皮特曼女士的野餐会。我一路走，一路担心自己会表现得愚蠢，担心即使穿着最新最干净的蓝裙子，但在巴尔的摩孩子的眼里，还是会显得皱巴巴脏兮兮的。哈兰和詹姆斯光着脚就去了，而我穿上了棕色的系带牛津鞋，尽管这双鞋子有点儿紧。

我和露西尔跟着詹姆斯和哈兰走到巴尔的摩孩子们住的小木屋前。我们离得越近，我的脚步就越慢。“你是个好女孩，阿里·梅·斯帕克斯……”我一遍遍告诉自己。但是我觉得自己一点儿都不好，我什么都不好，我的裙子不好，我的鞋子不好，甚至我说的话和脑海里闪过的念头都不好。

我曾经为民歌采集者来我们这儿办学校而感到高兴，即使我不常去。但现在我希望他们从来没来过，这样我也就不会对自己和身边的人有那么糟糕的感觉了。

我们离得很近了，甚至可以听到孩子们的笑声，我突然想还会有哪些孩子去？威尔·梅康和伊瓦迪·莱德福特估计

会来，还有他们的兄弟姐妹们，可能还会遇到阿迪、比利·埃克勒、明妮、卡尔和卡罗琳·文森。我把从定居点学校到位于南瓜地山最高处的霍利菲尔德家的人都数了一遍。巴尔的摩的孩子看到我们这些山里孩子聚在这里会是什么感觉？我想着这种情景，不由得耸了耸肩。

当我们转过访客住的小屋的拐角，朝小溪方向走去时，眼前出现的景象真够壮观。我想到的那些孩子都来了，没想到的也来了，他们像一匹匹马儿一样在草地上狂野地奔跑，巴尔的摩的孩子们则站在一旁，瞪着眼看着，仿佛在看一场演出。他们每个人都穿着鞋子，脸蛋儿洗得干干净净。山里孩子的脸看起来则像久经风霜，而且大多数人都光着一双脏脚丫。

露丝一看见我们就叫道："阿里·梅！露西尔！来帮我布置桌子吧！"她的语气听起来好像叫我们帮忙是给我们面子一样。野餐也要摆桌子，我觉得很奇怪，但后来发现只是摆两张桌子，放食物和碗盘，吃饭的时候，还是在草地上铺开毯子，把盘子放在膝盖上吃。

我们跟着露丝走进小木屋，屋里的桌子上摆了许多大盘子，里面装满了食物。"皮特曼女士和妈妈觉得野餐比较适合吃三明治，我也这样觉得。"露丝指着桌子上的食物告诉我们，“开始我们想做牛肉腌菜三明治，但最后觉得大家可能会更喜欢奶油芝士三明治加橄榄。”

露西尔和我点点头，尽管我们不怎么喜欢三明治，因为妈妈不做发酵面包，也就是那种可以切片然后用来夹东西的面包，大部分时候我们都吃饼干或者玉米面包。不过，我在杂志上看过三明治的照片，因此看到这些食物我还不至于太过震惊。

但是橄榄、奶油和芝士？我看了露西尔一眼，她的下嘴唇不停地颤抖。露西尔对吃的东西特别挑剔，最害怕尝试不熟悉的食物，因此每次我们参加教堂聚餐时，尽管别的女士都劝她尝尝自己的拿手菜，她却只逮着妈妈做的东西吃。

“我相信你妈妈的选择一定有道理！”我对露丝说，并把妈妈的苹果千层蛋糕放在桌子的一角，“奶油芝士和橄榄听起来蛮好吃的。”

“山里的孩子不会觉得这些食物太奇怪了吧？”露丝问道，她的语气听起来很可疑，好像她希望我们一看到这些食物，就拔起腿来跑，逃回大山里似的，因为这样就可以显出我们有多蠢、多无知了。

三明治已经切成三角形，一块块摆在漂亮盘子里，旁边还有一碗碗的坚果、黄瓜丝，一盘盘的切片红萝卜、西红柿和熟鸡蛋。尽管东西看起来很丰富，我却觉得好像没多少吃的，没什么能拿来填肚子。不过，我想可能有品位的人就是这么吃吧，我对自己说，一定要每种东西都尝一尝。

一个有着漂亮鬈发的高个子女人走进屋来，腰上系着一条白围裙，看起来兴致很高。“你们好，女孩们！”她一见我们就招呼道，“我是露丝的妈妈，哈里特·威尔斯。你们一定是露丝的好朋友阿里·梅和露西尔，那么，告诉我你们谁是谁吧？”

我一见威尔斯太太，就知道露丝那股傲慢劲儿是从哪里来的了。从她走进房间，东瞧瞧西看看，确保每样东西都按她的心意摆放的样子，你就可以看出，她习惯当家做主。

“我是阿里·梅·斯帕克斯，女士。”我说，“这旁边的就是我的小妹妹，露西尔。”

“这是我妹妹，露西尔。”威尔斯太太纠正说，“阿里·梅，要简洁直接地说话，你应该知道，从你俩的外表找很容易看出谁小一点儿，而这个句子里‘旁边’是多余的。现在，我们把盘子拿出去吧，告诉那些孩子们该吃午餐了。”

我感觉好像被她的话扎了一下，很想告诉她，她给大山里的孩子们选的食物全是错的，他们可能在午餐开始前，就把萝卜片全塞进地板的缝隙里了，不过我很怀疑她会不会听我的。威尔斯太太看起来不像那种会听别人建议的人。

我跟着露西尔，走到桌子跟前去取一盘黄油面包，这时威尔斯太太说："阿里·梅，我可以和你单独谈谈吗？"

"好的，女士。"我回答道。露西尔担心地看了我一眼，我回头看了她一眼，用眼神告诉她："什么都不用担心。"

"很高兴终于见到你了，亲爱的，"露丝和露西尔走后，威尔斯太太先俯身把一排小萝卜片在盘子上堆平整，然后把另一个盘子里的胡萝卜码成一排，"我知道你和我的汤姆成为了好朋友，我很高兴你们这些孩子这样热情地接受了汤姆。有时候人们很难忽视他的——他的缺陷。"

"什么缺陷？女士？你是说他的腿吗？"

她点点头，说："他的腿，他走路有点儿瘸，他没法像其他孩子那样跑步或者玩游戏。对于他这个年纪的男孩子来说，这真算个缺陷了。"

"我一丁点儿也不介意，我们这些孩子都是。每个人都很高兴汤姆来到这里。"

"我一点儿也不介意。"威尔斯太太纠正我，"如果你想在社会上有所提升，就必须学会得体的说话方式，阿里·梅。刚才，汤姆告诉我你们两个计划明天穿过山林，去一个叫作朝圣角的地方？"

“正是如此，”我告诉她，“我们准备去找詹妮·奥德姆姑妈，汤姆想写一些关于她的故事。”

威尔斯太太皱了皱眉，说：“他是这样说的，不过我觉得你们可能去不成了。是这样的，汤姆不光腿脚不好，他还得过猩红热，这病毁坏了他的心脏。因此，我必须提醒你不要累着他。我知道，他总是想跟正常的孩子一样做这些事情，但他的身体不允许。”

她说这话的时候，我的膝盖都有点儿发软了，简直想找个地方坐下。我感觉自己手指尖都凉了，我知道有些孩子的心脏很脆弱，而那些孩子都没活多久。

“阿里·梅，这事儿你要保密。”威尔斯太太靠近我，把手搭在我的肩膀上。“你一定不能告诉汤姆我是这么说的，他不知道自己的心脏有这么糟糕，因为他从来没有劳累过度，我不想让他担心这些。但是既然我们来了这边的学校，我猜他一有时间就会想爬山，但是他的身体不行，而且他也不应该老是到处跑。你明白我的话吗，阿里·梅？如果你们两个在一起玩，一定要让他只做些安静的事情。”

“是，女士。”我说，“我会注意不让他累着的。”

“好的，”威尔斯太太说着点点头，“现在把这些东西拿出去吧，我想皮特曼女士就要带孩子们去玩‘妈妈，我可以吗？’的游戏了，游戏结束后我们就开始吃午餐。”

我怀着一颗沉重无比的心，端着面包和黄油出门去了。我从没为汤姆的腿感到难受过，至少不太难受，因为在我看来他只靠一条腿也能过得好好的。但是，心脏有问题是另一回事。心脏不好可不能乱来。现在，我必须琢磨如何编个谎话，打消汤姆去找詹妮·奥德姆姑妈的念头，甚至不能再让他去萨里女士那儿了。我并不像詹姆斯那样对说真话那么在意，但要对汤姆说谎？这对我来说太难了。

当我回到院子里，詹姆斯已经带着所有的孩子玩起了“绿先生的花园”，甚至巴尔的摩的孩子也加入了。这个游戏的确适合很多孩子一起玩，所以我能理解为啥詹姆斯带着大家玩这个。游戏要把孩子们分成两组，一组叫着：“你在哪里？”另外一组则回答：“在绿先生的花园里！”第一组又叫道：“你在绿先生的花园里干啥呢？”第二组可能会回答：“偷吃绿先生的葡萄！”

第一组则喊道：“绿先生要来抓你啦！”每个人就都开始飞跑起来，第一组孩子抓那些在绿先生的花园里捣蛋的孩子。如果你抓住一个人，就可以把他扔到“汤锅”里。

现在，詹姆斯把大山里的孩子和巴尔的摩的孩子都混在了一起，所以并不是大山里的孩子对巴尔的摩孩子。每个人

都在大笑、奔跑，玩得很开心。皮特曼女士站在露丝身边，我通过她抿得紧紧的、几乎成为一条缝的嘴唇，可以看出她一点儿都不喜欢这个游戏！她觉得这是个低下的、山里孩子的游戏，而我们应该玩“妈妈，我可以吗？”这样的游戏。

我好想加入这个游戏，但当我看到皮特曼女士的脸色，又看到汤姆坐在一边无比想加入但又不能的样子，我的心都碎了。

“詹姆斯！”我叫道，“赶紧停下！这不是皮特曼女士让我们玩的游戏！”

但是詹姆斯、哈兰和威尔·梅康才不听呢，巴尔的摩的孩子也不听。这让我生气极了，就好像我是一只被关到罐子里的黄蜂。难道他们觉得不用听我的话，就因为我是生长在大山里的女孩？于是我径直走到人群间，抓住詹姆斯的胳膊，说：“太无礼了，你这个愚蠢的男孩！赶紧停下，有点儿礼貌吧！”

詹姆斯的脸变得僵硬且煞白，这是他对某件事极其生气的表现。“你放开我，阿里·梅，”他小声说道，“不然我会让你后悔的！”

我松开他的手臂，但仍然站在那里瞪着他，瞪了好久。“你该对皮特曼女士尊重点，”我最后冲他小声警告道，“这是她的野餐会，不是你的。”

詹姆斯抖了抖肩膀，好像要摆脱掉我似的，然后转身离开了。“游戏结束了，”他冲着人群叫道，“皮特曼女士想让我们玩她的游戏。”

孩子们遗憾地叫起来，巴尔的摩的孩子嚷得尤其大声。皮特曼女士拍了拍手，优雅地微笑着，“排成两队，我们来玩‘妈妈，我可以吗？’的游戏，”她发出指示，“然后就是——午餐！”

我看向摆满食物的桌子，盘子里盛着橄榄三明治和黄瓜片，我没有把苹果千层蛋糕从厨房里拿出来，因为一想到巴尔的摩的孩子会嘲笑它我就受不了，我想他们一定会的。于是我跑到厨房，把妈妈的蛋糕放进冰冷的炉子里。

我真不想这样做，但是我更不想看到其他的孩子对妈妈的蛋糕指手画脚，妈妈可是费了好大的劲儿才做好的。

最糟糕的是什么？后来，詹姆斯问我，妈妈的蛋糕跑哪儿去了，我告诉他我不知道，但是我估计哪个巴尔的摩孩子把它从窗口扔出去了。詹姆斯和哈兰顿时火冒三丈，连冰激凌都没吃，也没有说一句“再见”或者“谢谢”就回家了。

更糟糕的是，詹姆斯回家后，跟妈妈撒谎说她的蛋糕在野餐会上大受欢迎。我知道他讨厌撒谎，但是他更讨厌让妈妈伤心。

我怀着如此沉重的心情写下这封信。但是最折磨我的事情是，明天早上我该如何跟汤姆解释我们不能去拜访詹妮·奥德姆姑妈了。整个野餐会他一直在说这个事儿，说个不停，我只能在旁边嗯嗯啊啊的，并保持微笑，即使我知道我们不能去朝圣角了。

唉，詹姆斯真不是家里唯一的撒谎精啊！

你的表姐

阿里·梅·斯帕克斯

第14封信

亲爱的卡罗琳表妹：

今天早晨，我必须在汤姆到我家之前，想出个可怕的谎言说服他不能去朝圣角。我想过告诉他我不舒服，那样的话他肯定会说，我们后天再去，这么一来我就得天天装病，还得装得一天比一天病重，最后不得不躺在床上，好像要死了一样。

所以，我只好告诉他，我对拜访詹妮·奥德姆姑妈不感兴趣了，甚至对讲鬼故事，和跟他一起寻找可以记在小本子上的故事也不感兴趣了。但一想到要对他说这样的话，我就觉得痛不欲生，但我还能怎么办呢？

啊，我简直要疯掉了，我终于交到一个好朋友，可他竟然就住在死神的隔壁。

汤姆过来时，我正坐在台阶上剥豌豆，这是我早晨最后一件家务活儿。“我们可能去不了了。”我一见到汤姆就立刻说了出来，希望早说早了事，“妈妈昨天晚上和我谈了很久，她不想我相信鬼怪这些东西，这和《圣经》里讲的是相互矛盾的。”

另一个谎言。这些谎言就跟妈妈的苹果千层蛋糕里的干苹果片一样，一层层堆积起来。每说一个新的谎言，我都觉得胃里隐隐作痛。

“不过，你不觉得去拜访詹妮·奥德姆姑妈很有趣吗？”汤姆问道，一瘸一拐地走上前廊，“坎贝尔太太说她得有一百岁了呢！”

我把一个空豌豆荚扔到院子里，说：“我觉得很无聊。她那么老，脑子肯定糊涂了。”

“坎贝尔太太可不是这么说的，她说她很有趣呢！”

“如果收集食谱也算有趣的话，我估计是吧。不过我觉得没什么意思。我们可以在这儿玩一会儿，或者坐坐，然后散步到邮局去见见艾丽女士，她总有讲不完的好故事。我们在那儿肯定能找到有趣的事儿来报道。”

汤姆朝我做了个鬼脸，然后摇了摇头，说：“不了，我计划去朝圣角。如果你不想去，至少告诉我路怎么走。”

我看着自己的脚，说：“不知道。”

“好吧，”汤姆转过身去，“我自己找。”

朝圣角离这儿足有两英里，而且要穿过高低起伏的丛林，我马上扔掉膝盖上装豌豆的碗，跑去追汤姆，对于一条腿不好使的男孩儿来说，他走得可真快。“你会被熊吃了的！”我叫道，“要不就是黄蜂窝从树上掉下来，正掉在你头上，你知道会怎么样吗？你会被黄蜂蜇得全身都是窟窿！”

“如果你不跟我一起去，至少别大喊大叫，我想安安静静地走。”汤姆继续走着。

汤姆背对着我，好像不想跟阿里·梅·斯帕克斯这样的人有一点儿关系。啊，我简直忍受不了了！想也没想，我叫道：“你妈妈说，你不能去！”

我发誓我不想说出来的，但是话就这样溜出来了。听到我这样说，汤姆忽然转过身来。

“妈妈跟你说什么了？关于我心脏的故事？我打赌肯定是！她跟每个人都说这些荒唐的话，爸爸说这是因为我小的时候她太担心我了，所以一直改不了这个习惯。”

“那么，你知道你的心脏的情况？”我跑着追上他。

“我知道妈妈跟每个人都说，我的心脏不好，稍微剧烈一点儿的运动，我都不能参加。但是我的心脏没事，连海切尔医生都这么说，也许比其他男孩的心脏要弱一点儿，但是我想做什么都行。给我找麻烦的是我的腿，不是我的心脏。”

我看了看汤姆的腿，很想知道它是怎么变成这样的。我试图从他的脸上分辨出他是否在撒谎。他的语气里有一丝紧张，好像第一次说这些话似的。但是我从没听说汤姆·威尔斯会说谎，而且我觉得如果你有个真正的朋友，最好信任他。

“那么走路去朝圣角不会害死你吧？”

“除非熊把我吃了。”汤姆调皮地笑道。

这样，我就决定和他一起去。我甚至打算告诉他我对他说了谎。“我妈妈并没说我不能相信世界上有鬼，”我们走进树林时，我承认道，“事实上，她比任何人都更信鬼神，她有时候讲些鬼故事能吓死你。”

“我爸爸也喜欢讲鬼故事。”汤姆说，“他说他小时候曾经看见过他去世的祖母的鬼魂，她午夜走到他床边，弯下腰来说了句‘告诉你妈妈别担心’。”

“别担心什么？”

“她没说。”汤姆耸耸肩。

我觉得这个回答很令人满意。“有点儿神秘感，这样听起来才像真的嘛！”我说，“书里的故事总是把什么事儿都解释得清清楚楚，但真正的故事不是这样的。”

我们就这样一直走到朝圣角，一路上聊着我们经历过的各种有趣的事儿。他告诉我他爸爸的事儿，他是个律师，整个夏天都在巴尔的摩做一个大案子，关于什么地界线的，汤姆说每次听他讲工作的事儿都会昏昏欲睡。我告诉他哈兰·博伊德的故事，还有我和詹姆斯被洪水堵在手杖溪另一边的故事，那次我们迫不得已和妈妈的姑祖母们——三个很老很老的老太太——待了一晚上，她们几乎整晚不睡觉，抽烟斗，抽得你几乎没法呼吸，更别说睡觉了。

即使我们没有找到詹妮·奥德姆姑妈的小木屋，这样的旅途也够棒的了。但是当我们到达朝圣角，看到一圈圈的烟从烟囱里冒出来，知道自己找对了地方的时候，一切简直太美好了。

“你们路上看到奥兹没有？”詹妮姑妈一开门就直截了当地问，她看起来简直像个皱巴巴的干苹果娃娃，脸庞像胡桃一样，腰弯得像个问号，“如果有陌生人来，我就知道，一定是奥兹又找麻烦了。”

“奥兹是你的……女儿吗？”汤姆结结巴巴地问道，詹妮姑妈点了点头。

“她整天在树林里逛，每次见到人就会问他们怎么才能回家，”詹妮姑妈告诉我们，“只不过，她明明知道路。她这样做让我累极了，你们在牧师家那边看到她没有？”

汤姆点点头，詹妮姑妈轻声说了句“嗯哼”，然后说：“我发誓，她这样是为了惹火那个牧师，浸信会传教士最讨厌鬼了，因为《圣经》没说过鬼的事情。你们两个孩子快进来，我给你们弄点吃的，奥兹给你们找了这么多麻烦，我总得招待招待你们吧。”

詹妮姑妈的木屋很小，但每样东西都井井有条，感觉很舒服，我很喜欢这里。床上盖着漂亮的床单，收拾得整整齐齐，桌子旁边放着两张椅子，角落里有个黑得跟煤炭似的炉子，上面正炖着一锅豆子汤。篮子里装满了土豆和干菜根，墙上还挂着各种各样的东西。

“你们就坐在床那边，给我讲讲你俩的事儿。就算有奥兹捣蛋，我还是没多少访客，没我期望的那么多。能见到年轻人真让人愉快啊，我自己生了十二个孩子，他们都天各一方，就像以色列的十二部落那样。”

当詹妮姑妈听说汤姆从马里兰州的巴尔的摩来，她可激动了。“我曾经认识一个女人，来自一个叫什么切萨皮克湾的地方。”她大声说道，“你听说过吗？”

“我们每年夏天都去那儿待一个月，”汤姆告诉她，“我祖母在那儿有间房子。”

詹妮姑妈点头道：“我听说那里很不错。我认识的那位女士，她是你们说的传教的女士，骑着一匹杂色的小母马就来给我们传播福音了，过来后发现我们的灵魂已经被拯救了。但是她很爱交朋友，她在这儿待了一整个星期，我们经常聊天。后来我每隔一个月就能收到一封她的来信，直到她1892年去世。她哪年来这儿的来着……哦……好像是战后，1867年左右。她叫玛丽·路易斯·默多克。”

她看了看汤姆，说：“我想你大概不认识她的亲人。”

“我不认识，”汤姆的语气听起来很遗憾，“不过我们八月还会去，我会看看能不能找到她的什么亲人。”

“好的，你走之前，我会把我的地址写给你，你可以给我写信，告诉我找到了她的亲人没有。我很想知道。她结婚很晚，在更年期之前，生下了一个男孩，名字叫伍德罗。”

然后，詹妮姑妈就去给我们做饭了。她削了五个土豆，刨成片，放进长柄浅锅里炸，然后拿了些玉米粉和酪乳混合在一起，放进另外一个煎锅里做玉米面包。

“我现在唯一拥有的牲畜就是老母牛西尔维了。”她告诉我们，“我倒希望有头猪，可我养的最后一头猪逃跑了，我这把老骨头可没劲儿去追它。它叫作约瑟夫。猪的每个部位我都能吃，除了耳朵。听说有人油煎猪耳朵吃，我可受不了这种吃法，你们呢？”

汤姆和我都摇了摇头，说：“是的，我们也不吃。”詹妮姑妈搅了搅豆子汤，切了点洋葱倒进土豆里。“现在，猪的哪个部分我都觉得挺不错，甚至猪蹄子，主啊！尽管把猪蹄子弄干净简直要花一辈子的时间。我喜欢用猪头做腌肉，你们喜欢不？不过我最后一次吃猪头是很久以前的事了，因为我再也没有力气挖出猪眼睛了。现在也有人吃猪眼，不过我从来不喜欢那东西。”

我看了看汤姆，他的脸都开始发绿了，我想最好换个话题。“我妈妈会用猪头做猪头奶酪，”我告诉詹妮姑妈，“不过我不知道是不是和猪头腌肉一样。”

“根本不一样！”詹妮姑妈说，从炉子上方的架子上取下一个罐子，“猪头腌肉是先做好猪头奶酪，然后加些醋，有点像做腌菜那样。这是我的朋友内莉·奥克斯做的香肠，她上次过来给我带的。她每年秋天杀猪的时候都会灌很多香肠。”

我看了汤姆一眼，他看起来还是不怎么自在。“巴尔的摩有猪头奶酪吗？”我问道，试着把他拉进聊天中。

“我们有那种用牛奶做的奶酪，”他回答道，声音有点儿颤抖，“不过我觉得和你们说的并不一样。”

“让你妈妈只管把猪头砍下来就行了，我会把菜谱写下来寄给你。”詹妮姑妈答应道，“我喜欢自己去寄信，不过现在一年我也就去一两次吧。也许你不相信我能认字，也能写信，不过我确实能。我爸爸相信读写有用，于是教会我们每个孩子读书识字，男孩女孩都一样。你们两个还记得自己第一次看到纸上的字，然后突然那个字的意思就蹦入脑海的时刻吗？”

汤姆说了句“是的”，然后他开始讲自己的故事。讲起那时他从马上摔下来，腿摔断成五段儿，需要躺在床上休养。他的妈妈给他放了一大摞书，足有半米高，所以他就翻着书看里面的图画玩儿。一天，他正翻着，突然一个词“停”像兔子一样从纸上跳到他的脑海里，“我就好像被闪电击中了一样，”他对我们说，“我那会儿五岁，自从那时，我每拿到一本书都会仔细读读。”

“噢，你的腿是这么弄坏的。就因为这个，所以你习惯用右腿，是吗？”詹妮姑妈问道，汤姆直截了当地点点头，好像这个问题一点儿也不困扰他。

“我猜也是这么回事，”詹妮姑妈说，用手指头戳了戳玉米面包，看它做好没有。“我小时候有次扭到了脚，扭得特别厉害，那是我第一次在丛林里看到印第安人，吓得赶紧往家里跑，跑得比刮风还快，就没看到地上盘着的那段老树根，结果，上帝保佑啊，它绊得我简直飞起来了。”

“这儿有印第安人？”汤姆问道，他的眼睛睁得又大又圆，趴到桌子上凑近詹妮姑妈。我和汤姆开始吃午餐，詹妮姑妈在旁边晃来晃去，我们每吃掉一点她就给我们添上一勺。

“我还是个小女孩的时候，这里到处都是切罗基族的印第安人，你们不知道吧。在我长大成人之前，总统就把大部分印第安人迁走了。他宣称这里的土地是白人的，我妈妈也这样认为，但我爸爸不同意。当时这里没有几户白人，我们家是最早来这里定居的一拨。我的爸爸妈妈都是契约工人，你们知道契约工吗？”

汤姆点点头，而我摇摇头。“嗯，其实是这样，”詹妮姑妈解释道，“一些人通过和富人签订契约成为他们的仆人，来到这个国家，富人会付给他们从英格兰远渡而来的旅费，而他们必须为雇主工作很多年才可以获得自由。我父母乘同一艘船过来，在获得自由前都必须为雇主工作五年。他们当时住在马萨诸塞州，妈妈老是说那儿冷死了。他们一拿到自由证明，就套了一辆骡车，来到了这里。妈妈说当时这地方要多荒凉有多荒凉，除了印第安人、鹿和松鼠没别的活物，连个人影都没有。他们就在这里，就是你们站的这个地方，建起了一座农场，尽管现在大部分土地又成了一片荒野。我丈夫克莱顿去世后，我的孩子都去闯世界了，我又搬回到这

里。这里很多土地是被打理过的，我的爸爸妈妈就在上面种些东西。我妈妈生了十四个孩子，八个活了下来。”

“这儿有印第安人吗？”汤姆问道，他把盘子举起来好让詹妮姑妈再给他添一勺豆子汤，“你认识他们吗？”

“就像我刚才说的，我小的时候这儿还有印第安人。不过我们不怎么和他们打交道。有年冬天冷极了，动物都钻到林子深处去了，要不是印第安人时不时在门外放些食物，比如风干牛肉、罐子炖肉什么的，我们全家人可能都会饿死。我觉得正是这些食物救活了我们，爸爸说印第安人本可以任我们自生自灭，但他们没有。我想是因为他们知道我爸爸一直在努力做个好邻居，他知道印第安人在河边的神圣之地，就总是离那里远远的。”

我们恨不得一整天待在詹妮姑妈那儿，听她讲故事，不过午餐后詹妮姑妈明显很累了。“我确实想睡个午觉，”当我们说该走了时，她这样说道，“不过我希望你们两个孩子可以再来，你们让我想起好多过去的事儿，我要好好想想，看看能不能想起点儿印第安人的故事给你们讲，大作家汤姆。我还会给你妈妈写下那个腌肉配方。”

我们和詹妮姑妈告别，保证下周四还会再来，到时会给她带点自己种的绿色蔬菜、肥的猪脊肉，自从约瑟夫逃跑后，她就没什么肉吃了。

“你觉得你妈妈回到巴尔的摩后，会给你做腌肉吗？”我们准备穿过丛林回家时，我问汤姆。

他大笑道：“妈妈从来不进厨房，萨里·安则是最循规蹈矩的厨子。她大多数时候都会把菜煮得认不出模样。老爸总是抱怨饭菜不好吃，但是妈妈还坚持用她，因为妈妈从小吃的就是她做的饭菜。”

“除了在书上，我从没听说过有人从外面找人做饭。我不知道我妈妈会不会喜欢这样，她对饭做得好不好特别挑剔。”

“这样看吧，有个厨子可以把我妈妈解放出来做其他的事情，比如给渔民开办学校，或者来拜访大山里的人。”

“那么我很高兴她有个厨子，”我说，“不然你也就没法来这儿了。”

汤姆笑得很开心，他说：“我也很高兴，现在让我们睁大眼睛，仔细看看周围，说不定奥兹会出现。”

我很遗憾地告诉你，我们翻过大山直到回到家里，一路上都没有见到奥兹。但是也许我们下次带着皱巴巴的绿色蔬菜和肥猪肉再去詹妮姑妈那里时，会有机会看到她。也许下次她不会那么快消失，我们可以和她好好聊聊。

我知道你听我说了这么多关于鬼魂的故事，肯定觉得我脑子坏掉了，不过如果你也在这儿，我相信你也会想见她的。

你的表姐

阿里·梅·斯帕克斯

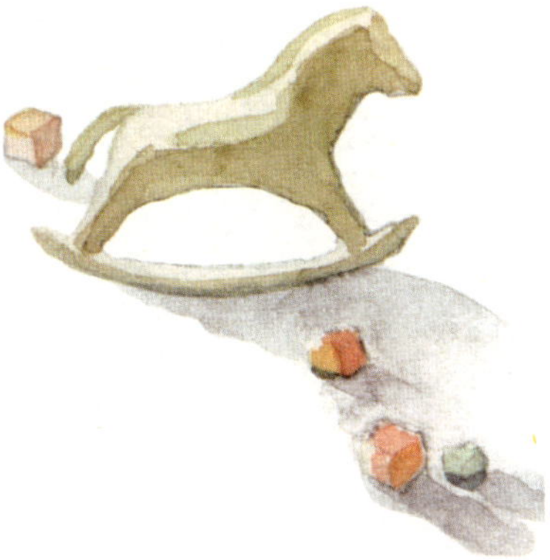

第15封信

亲爱的卡罗琳表妹：

我刚刚做完家务活儿，打算在开饭前给你写封信。我在花园锄草时，又在想那个老问题：为什么你从来不给我回信。一个月的时间里我已经给你写了十四封信了，即使你妈妈反对，收到这么多的信，你也不应该一封都不回。

有件事儿还没有告诉你，我把写给你的每封信都抄了一遍，这样我就记得我写了些什么。没错，我逐字逐句抄下了十四封信！每次我坐下写一封新的信时，我都会读读前面那封，这样就不会写重了。我很努力地把信写得有意思，希望你不会觉得读下去是浪费时间。

挖苦苣菜和旋花的时候，我忽然想到了点什么。也许这些信你根本没收到，也许艾丽女士偷偷拆看并藏起了我写的每一封信，好在每天早晨人们来取信时有八卦可讲。也可能是罗利市负责送信的人在搞鬼，也许你们的邮递员特别懒，把我所有的信都扔掉了，这样他就不用把它们送到你家里。

然后我想到，也许你妈妈没把这些信给你看。也许每次我的信递到你家邮筒后，她就把它扔到炉火里烧了。我越想越觉得一定是这样，肯定是你妈妈不想让我们做好朋友。

我不知道你妈妈是什么样的人，卡罗琳表妹，但是我记得妈妈告诉过我的关于她的每件事。我记得特别清楚，因为妈妈每次讲到她，眼睛就会闪闪发亮，讲完后眼睛就变得黯淡了。

我知道你妈妈的名字叫安娜，比我妈妈小两岁，1908 年跟着一位年轻的医生私奔去了罗利市，四年后那个医生成了你的父亲。妈妈说他当时在这里的教堂做传教的工作，照顾生病和垂死的人，而你的妈妈，安娜，因为眼睛不舒服去找他。“每到夏天，安娜的眼睛总是会过敏得厉害。”妈妈说，“你姥姥给她弄了各种各样的草药茶和药酒，都没有用。”

安娜看过医生后，年轻的医生给她开了点儿滴眼的药，马上治好了她的过敏，然后他俩就相爱了。大家都不觉得惊讶，因为安娜·布莱文斯简直是克雷伯里最漂亮的女孩了。

我知道你妈妈给家里写过几封信，后来就音信全无。她的爸爸，也就是我们的姥爷埃尔文·布莱文斯骑着马去罗利市找到了她。你妈妈说她爱父亲也爱家里所有的人，但她绝不会回到大山里来。当姥爷和姥姥去世后，她就再没给岩石角的家人捎过信。我想她再也不想跟我们有什么关系了。

我不知道她为什么会这样。我们从詹妮·奥德姆姑妈那里回来后，我觉得做个大山里的女孩挺不错的。我很想知道，要是露丝·威尔斯独自住在小木屋里的话，她怎么样才能不靠别人的帮助，自己做一整个儿猪头吃！如果发生了战争，那么我一定会希望詹妮姑妈是我们这边的。如果我要去长途旅行，我也会挑她做我的旅伴。我相信她一定有很多很多故事，讲很久也讲不完。

安娜姨妈，如果你在读这封信的话，我希望你知道我们都是很好的人，都很坚强，如果能够再次认识你，我们也会感到很骄傲。我以前没能认识你，但我很希望能有机会与你相识。罗利一定是个不错的城市，但是春天的时候那里肯定不像大山里那样美，秋天的时候也不像大山里漫山树叶有红有黄，色彩斑斓。这儿的人对别人犯错误很大度，而且这儿有了那么多新东西，我在前面的信里已经告诉过你了。

请别把这封信扔进炉火里，安娜姨妈。请你明白，我妈妈，爱迪·布莱文斯·斯帕克斯，她渴望再次见到你，再次和你坐在前廊，聊天、唱歌。她虽然没有跟我说，但我相信一定是这样。我希望你记得，我们家永远欢迎你，还有你的医生丈夫和我亲爱的卡罗琳表妹，我也希望很快能收到卡罗琳的回信。

阿里·梅·斯帕克斯

第16封信

亲爱的卡罗琳表妹：

今天早晨汤姆来我家时，猜猜他带了谁来？皮特曼女士！我当时正在前廊等他，手里拿着给詹妮姑妈的东西——一个装满咸猪肉的罐子和一个塞满绿叶菜的枕头套子。当我看到皮特曼女士沿着小路走过来时，我差点把这两样东西扔到地上了。自从我听说她写了那封信后，就没再理睬过她，现在也不怎么想和她做朋友。

“看看我在路上遇到谁了？”汤姆叫道，“皮特曼女士出来散步，我告诉了她我要去哪里，她就问我能不能一起来。”

皮特曼女士冲我挥着手，说：“我希望你不介意，阿里·梅！我听过些关于詹妮·奥德姆姑妈的故事，不过还从没见过她呢！”

我当然介意了，但我还能说什么呢？我只能点点头，走进院子和他们一起出发。汤姆的脸红扑扑的，好像已经觉察到今天的天气太热，不适合徒步旅行。

“你的罐子里是什么？”皮特曼女士问道。我必须咬住舌头才能避免说出：“哦？就是些我们这种无知的山里人吃的东西罢了，皮特曼女士。”

我没这么说，而是把罐子举起来给她看清楚，并说：“是腌猪肉，詹妮姑妈说她的猪跑了，她就没什么猪脊肉吃，腌猪肉就是用盐渍了的猪脊肉。”

“哦，我真想多学点保存食物的方法。”我们走向树林时，皮特曼女士说，“当然了，我知道怎么做罐头，但我不知道怎么风干或者腌制食物。比如说，我很想学学怎么做苹果干。因为那天野餐后，凯勒女士在厨房找到了一个大山里的孩子带来的苹果蛋糕，那简直是我吃过的最美味的东西！”

然后，她朝我做了个鬼脸，好像她知道关于蛋糕的整个故事，知道是我带来的，也知道我为什么藏起来。

“做苹果干很容易的，”我告诉她，“秋天的时候我妈妈可以做给你看。只要把它们放在太阳下晒干，不让鸟儿吃了就行了。”

“太棒了！有太多东西要跟这里的人学习了！每天都有新的东西可以学！”

卡罗琳表妹，这句话让我有点儿惊讶。她给大山外的人写信，说我们多么无知、多么肮脏，怎么还说得出这样的话呢？她怎么会觉得需要跟这我们这些落后的人学东西呢？

“我一直在想一个问题，”汤姆说道，他的呼吸很急促，而我们还没开始走山路呢，“詹妮姑妈不是你的亲戚，你为什么叫她‘姑妈’呢？”

我得想一下，有时候有些事情你一直那样做，却从没想过到底是为什么。“我猜如果有人活了很大年纪，他们就不光属于自己家里了，他们成为了所有人的老辈儿。他们知道这个地方所有的故事，让你觉得他就像你的亲人一样。如果你和塞西尔·布契南大叔聊聊，他能一五一十地告诉你过去八十年大山里每个孩子出生的故事。”

“他简直就是收藏回忆的宝库！”皮特曼女士大声说。

我点点头，说：“基本上就是这样。”

我们又走了一会儿，没人说话，只是享受林间的凉风和鸟儿的鸣唱。我发现自己心情有点儿低落，我以为是因为皮特曼女士在这里，妨碍了我和汤姆好好聊天。

后来，我发现或许是因为我怀念和皮特曼女士做朋友的感觉。

“你为什么要那样说，皮特曼女士？”话几乎要冲出我的喉咙，我太想知道为什么了。但是我说不出来，就好像有只手掐住我的脖子，把那些话扼死在我体内。然后汤姆开始咳嗽，我转过头去看他，他正忙着喘匀气，他的脸色像鬼一样惨白。

“你不该走这趟路，汤姆·威尔斯！”我大叫道，“为什么？看看你自己，你都快倒下了。”

“我没事儿，”汤姆终于缓了过来，坚持道，“我喉咙里进了只小飞虫才这样的。”

“汤姆，你的脸色看起来很苍白。”皮特曼女士担心地说，“这趟旅途这么辛苦，你觉得能行吗？”

汤姆从裤子口袋里掏出他的小本子，说：“我们还有十天就要回巴尔的摩了，我想趁这段时间，多记些詹妮姑妈的故事，越多越好。而且，我还要给詹妮姑妈写下我的地址，好让她把菜谱寄给我妈妈！”

“你真的觉得你妈妈会给你做猪肉奶酪吗？”我几乎要笑出来了。

“不会，只是我想看看她读那些配方时脸上的表情。我们最好加紧赶路了，妈妈说我两点前要赶回去参加木雕课的展示。”汤姆脸上绽开了笑容。

“汤姆，你不该爬那么多山去詹妮姑妈家，这对你来说太辛苦了。”我严肃起来。

“以前对我来说都不算辛苦，为什么这次就会太辛苦了？”

哎，我还能怎么办呢？汤姆自己的身体，他自己说了算。我又不是他妈妈，只是他的朋友。“那我们至少走慢点，”我告诉他，“我们到那儿后还有足够的时间，让你去记录那些故事。”

我们到那儿时，詹妮姑妈已经在门口等我们了，她脸上绽放出热情的笑容。“你们又来了，就像你们说过的那样。很多人保证会来却再也没来，不过到这儿来的路确实太难走了，所以我也不责怪他们没遵守诺言。能够再次看到你们，我简直太高兴了。”

“还有皮特曼女士，”我说，“她和我们一起，她是来这儿采集民谣的女士，您可能听说过她。”

皮特曼女士上前一步，伸出手，说：“我是定居点学校的贝蒂斯·皮特曼。”

詹妮姑妈盯着皮特曼女士的手，好像那是从没见过的外星生物一样。但是过了片刻，她伸出两只手把它握住，说：“我听说过你们的学校，我猜你学到的和你教的一样多。”

起初，皮特曼女士看起来很吃惊，好像在想这个干巴巴的像苹果娃娃似的老太太，怎么敢这样说呢？但是过了一会儿她脸上绽放出笑容，她用力地点了点头，说："嗯，的确是这样。我简直迫不及待要把我学到的东西列个清单，从植物和动物的名字，到如何给鸡开膛破肚。每天我的见识都有增无减！"

詹妮姑妈看向汤姆，说："你的脸色怎么这么苍白，赶快进来，我给你煮点紫草茶，加几滴山楂水，它能使你的血液流通得更顺畅。"

我们跟着詹妮姑妈进了小屋，汤姆和我坐在床上，皮特曼女士坐在桌旁。詹妮姑妈从炉子上方的架子上取下几个罐子，几分钟就给汤姆做好了茶。她端着一个冒热气的大杯子来到床边，说："现在你慢慢地喝下去，大作家汤姆，这东西有点儿难喝，我希望你能忍耐。"

我帮着汤姆坐起来，他啜了一小口茶，随即做了个鬼脸，说："简直跟柠檬一样酸！"

"不管怎样你都得喝下去，不然我可不让你翻山越岭地回去。这会儿，我来讲个故事，好让你分散下注意力，喝下去更容易些。"

"阿里·梅，你能帮我记下来吗？"汤姆把杯子递给我拿着，伸手从口袋里取出小本子和铅笔。

我们交换了下杯子和本子。"我尽量，"我告诉他，然后转向詹妮姑妈，“别讲太快啊！”

詹妮姑妈在桌子旁边坐下，转了转椅子，面对着汤姆。“好啦，大作家汤姆，我看得出来你喜欢听在这片山林里漫游的印第安人的故事，所以我仔细地回忆了下，想找个好故事给你讲。于是我想起了艾迪·柏切的故事，我们就来讲讲这个故事吧。”

“在我长大成人的过程中，越来越多的白人来这里定居，大多数人来这儿的原因跟爸爸妈妈一样，是为了开始新生活。但不是所有人都跟我爸爸一样善待印第安人，他们不那么尊重他们，不知道远离他们的神圣之地，也不知道有节制地打猎。

“这自然让印第安人很不高兴，他们变得越来越不友好了。有一天，我们听说有人在一群在河边洗衣服的印第安女人中间，看见了一个白人小女孩。那个小女孩穿得像个印第安人，但她的皮肤白得像朵山茶花，所以肯定不是印第安人。我们孩子们听到这个故事都很兴奋，没有什么比印第安人偷走孩子的故事更刺激、更可怕了。

“不久，有个叫乔治·奥蒂斯的邻居过来小坐，他说人们认定那个女孩就是艾迪·柏切，一个四岁时在佐治亚州丢失的小女孩，她现在十岁了。艾迪失踪后，她的家人一直在找她，于是我们这一片儿的白人就组织起来，想把小艾迪带回来，送回家去。

“人们那时好激动啊！妈妈很害怕如果把艾迪从印第安人中抢出来，他们会来报复，把我们杀死在睡梦中。但是她也为小艾迪和那些野蛮人生活在一起、几乎成了个野孩子而感到难过。

“爸爸则仍然保持着冷静。他告诉其他人，他们不能就这么过去把艾迪偷回来。他们必须做个交换，因为他一直跟印第安人关系不错，所以他说他可以去做这个交换，但是他需要些可以用来做交换的好东西，比如黄金什么的。但是这里的人大都一贫如洗，没什么值钱东西，印第安人会同意用一袋糖或者一码布来交换艾迪吗？好像不太可能。

“后来有个叫威尔·西顿的年轻人来到我家，说：‘福特先生’——我爸爸的名字是约翰·福特——‘我有匹好马，简直是我见过的最美的牲畜，只是用来耕地太浪费了，所以它对我没什么用，我愿意用这匹马来换那个小女孩。’

“我爸爸去看那匹马，回来的时候说，那是他见过的最美的动物，它全身金黄、身材高大，任何男人都会以拥有它为荣。所以第二天，他就带着那匹马去了印第安人的村庄。我和其他兄弟姐妹都很激动，但是我妈妈啊，她哭啊哭啊哭个不停，生怕切罗基族人生起气来，把爸爸砍成一块一块的。

“那一天我们简直什么事儿都做不下去，我告诉你！我们太兴奋了！我和弟弟塞缪尔一整天都在想爸爸把艾迪带回来后，我们要问她些什么问题。我们特别希望她能告诉我们印第安人的各种各样的秘密和暗号，因为我们就跟大作家汤姆一样，对印第安人特别着迷。

“但是，夜晚降临，天都黑了，还没见爸爸的身影。我们一整天的兴奋劲儿逐渐消退了，我开始觉得害怕。万一妈妈说中了怎么办？万一爸爸正躺在什么地方，被砍成一块一块的怎么办？

“不知怎么的，我们孩子还是睡着了，尽管我们发誓要等到爸爸回家，即使他要到第二天才能回来。但是一个接一个地，我们倒在了床上，上眼皮粘住了下眼皮。然后——砰！门突然打开了，门外站着爸爸！我们看到他的时候都开始尖叫，赶紧爬起来，跑过去想看看那个被带回来的小女孩——艾迪·柏切。

“不过我们发现，她没跟着回来。‘他们不想交换那匹马吗？约翰？’妈妈问道，但是爸爸摇摇头。

“‘不是的，他们看上了那匹马，任何男人都看得出那马有多好。’他说，在这张桌子旁边坐下，就是我坐的这个位

置，我帮他脱下靴子，‘是那个女孩，她自己不愿意离开。’

“妈妈特别惊讶，惊讶得就好像有人扇了她一巴掌一样。‘怎么会这样？你见到她没有？’

“‘我见到她了，她好好的。他们把她带到小屋，让我看看。她长得很漂亮，他们说她也很聪明，但是当我跟她说话时，她好像听不懂。那里有个女人，会说英语和切罗基语，她跟那个女孩讲我是为她来的，要把她带回到自己家里去。但是，那个女孩一听这话就哭了起来，摇着头说“不不不”。我本以为印第安人会逼着她跟我回来，但是最后他们跟我说“算了，不换了”。’

“我们简直不敢相信。但爸爸说，估计是因为她四岁就被抓走了，可能已经不记得自己以前的生活了。他说鉴于她现在的情况，非要送她回去可能不是仁慈的行为。

“六个月后，来了一批军人，他们又做了交换，这次是用关在监狱里的五个切罗基族勇士换的，所以她终于回到了家人身边。但是整个故事最有趣的部分是，很多年过去了，我们都忘掉艾迪·柏切的事儿了，有一天，爸爸正在外面锄地，忽然看到一个年轻女人朝他走来。她走到爸爸面前，问他知不知道阿·勒·提克的营地在哪里，爸爸说，不知道，不过他估摸如果她沿着河走，总能找到人给她指路。然后他告诉她怎么走到河边。

“当然，他觉得很奇怪，怎么有一个白人女孩来找切罗基族的营地，但在那会儿，人们不太爱管闲事，即使是年轻人的事儿。所以他看着她走开，在她即将消失在山脊那边时，他突然叫道‘艾迪·柏切’！一定是她，那个女孩回头看了一眼，迅速跑掉了。”

“那么，她回来了！”我说，匆匆记下这个故事的结尾。“她不想和白人一起住，所以从佐治亚州一路走回来了！”

“我是这样想的，”詹妮姑妈说，“不久之后，切罗基族就被迁到更西边去了，我估计艾迪·柏切跟着他们走了。”

卡罗琳表妹，我觉得这个故事很棒，汤姆大概也这么觉得。故事讲完后，他看起来很累，不过脸色红润了一点儿。我把本子递给他，他放在床上，拍了拍，好像里面都是无价之宝。

走山路回家的时候，大家都没说话。汤姆是在保存体力，我是在想着詹妮姑妈讲的故事。多希望自己也生活在切罗基族还在的时代，这样我也可以认识一两个印第安人。

皮特曼女士看起来也沉浸在自己的思绪中。但当我们到家时，她把一只手放在我的肩膀上，说：“阿里·梅，谢谢你带我去见詹妮姑妈。每天我在这大山里生活，呼吸这里的空气，都觉得这里越来越像我的家。”

我瞪着她，说：“你觉得这里是你的家？即使我们的生活是这样子的？我是说，即使这里的人那么见识浅薄？”

我说不出“无知和肮脏”几个字眼，尽管我知道那是皮特曼女士对我们的真实看法。

“为什么这样说呢，孩子？”皮特曼女士意味深长地看了我一眼。

“难道……难道你没有写那封信吗？”我问，霎时感觉自己的脸在太阳下烤得滚烫，“大家都说你这样写了。”

“那封所言不实的信啊！”皮特曼女士的声音有点儿颤抖，“我写下的那天就后悔了。我理解人们为什么生我的气，但是大家都不明白，我其实是好意！真的！我刚刚来到这里时，看到一些人整个冬天都不洗澡，有的婴儿身上长着烂疮，有的孩子头发里有虱子爬来爬去。我的确感到特别震惊，觉得特别可怕！”

“但这并不是这里的真实情况，”我告诉她，惊讶于我一直想说的话终于冲出了我的喉咙，虽然我的声音小得几乎是在喃喃自语，“这是对这里生活的人最不正确的描述了！”

“我也觉得不是这样的，皮特曼女士。”汤姆站在旁边支持我。

皮特曼女士深呼吸了一下，说："是的，我现在知道了。我们一路走来遇到这么多好人。他们都是勤劳的人，只是需要一些帮助让生活更容易一点儿。这就是我们在这里开办定居点学校的原因，你明白吗？我们是出于爱才做这一切，阿里·梅。我希望你能够相信我所说的。"

我能做的只是点点头。直到现在，几乎晚上了，卡罗琳表妹，我还在思考着皮特曼女士的话。我开始想妈妈说的，人都有优点有缺点，没有一个人不是两样皆有。我知道皮特曼女士有很多优点，我认为她说觉得这里像家乡时，说的是真话。我也相信她说她和凯勒女士开办这所学校，是因为爱生活在这里的人们。

我只是不明白，爱就够了吗？

你的表姐

阿里·梅·斯帕克斯

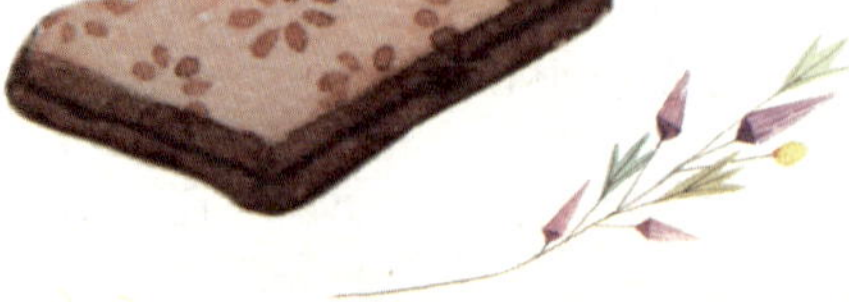

第17封信

卡罗琳表妹：

今天，我的心都要碎了。窗外的太阳还在闪耀，好像什么都没有改变，但我简直希望自己能把太阳从天上拽下来。

昨天晚上，我走路去定居点学校听妈妈唱歌，感觉整个世界都像包裹在彩虹里一样美好。我们斯帕克斯家的孩子都穿着自己最好的衣服，妈妈因为要在众人面前唱歌而兴高采烈，爸爸也很快乐，因为他喜欢给人们拉小提琴。我们这些孩子都特别激动，甚至包括小约翰，他一路上不断扭动着脚趾，咯咯笑得很大声。

如果我还有什么事儿担心的话，就是皮特曼和凯勒女士会不会信守诺言。妈妈在学校里唱歌了，她们下周六会不会在谷仓舞会上跳舞？不过无论她们来不来，我都能知道一件事：我到底还能不能和她们做朋友。

因此这点担心不会影响我那天晚上的好心情。妈妈唱歌的地点是学校主楼的一楼，有一大群听众。我们到达时，房间里挤满了巴尔的摩来的人，我认出了那些孩子，但是很多大人我都没见过，总共有七个大人——四个女人和三个男人，他们看到我们后冲我们点头、微笑，好像我们是电影明星一样。他们看起来都很友好，我暗自猜测，他们下周离开这里时是会感到伤心，还是为能够开始建设自己的学校而激动呢？

我第一次开始思考，那些即将拥有一所学校的渔民会怎么样，他们希望有这所学校吗？开办学校的人似乎从来不关心这个问题。

我、詹姆斯、露西尔准备和汤姆、露丝他们坐一起。我当然要挨着汤姆坐了，这样我可以再看看他的小本子记的那些故事。从詹妮姑妈那里回来后，我就没见过他。我很想再读一遍艾迪・柏切的故事，这样就可以记得更清楚了。

“露丝在那儿，”哈兰说，指着一张摆满了碗和杯子的桌子。露丝站在桌子旁边，我们朝她走去，但她一看见我们，就旋风般冲出了房间。

詹姆斯看看我，挑了下眉毛，说：“你觉得她怎么回事？”

“也许因为下周要和我拜拜了，感觉心要碎了吧。”哈兰说，“我觉得她挺喜欢我。”

露西尔靠过去，拍拍他的胳膊，说：“我不知道这几周你犯了什么毛病，哈兰·博伊德，不过我会让你变正常的。”

哈兰直直地看着露西尔，看了几乎有三秒钟，才低下头把双手插进口袋，说：“哎，我就是找点乐子，露西尔。难道我们还不能时不时乐一乐了？”

我和詹姆斯正看着他们笑，摇着头，突然露丝不知从哪儿冒了出来，猛地站在我们面前，伸出一根细细的手指头指着我的脸。

“阿里·梅·斯帕克斯，你是我见过的最自私的女孩了！妈妈告诉你汤姆病了，不能去爬山，但是你听了吗？你一句都不听！”

我退了一步，同时，詹姆斯朝我迈了一步，拉住我的胳膊好让我站稳。“我不知道你在说什么，露丝。”我回答道，声音有些颤抖。但是我当然知道，两天前汤姆的脸色那么苍白，几乎喘不上气，不还是去了詹妮姑妈那儿吗？我不也没反对吗？

露丝瞪着我，双手叉腰。“汤姆回家了，医生说他整个月都得卧床休息才能恢复。爸爸今天早上来接他了。”

如果詹姆斯没有拉住我，我可能已经倒下了。“我和皮特曼女士试着劝他，”我告诉她，“但他不听。”

“正是皮特曼女士告诉了我们，是你提议的那次愚蠢的出行。”露丝说，“她内疚极了，但是她并不知道汤姆心脏的情况啊！”

“他告诉我，他的心脏不像你妈妈说的那样糟。”

“他这么说你就信了，你也太无知了！”露丝撅起嘴。

我的眼泪涌了出来，我知道她说得对。我太无知了。我完全没有注意到真实的情况。任何人都该知道汤姆不能爬山去詹妮姑妈那儿。难道不是吗？第二次爬山他几乎喘不过气来。我竟然还相信他说，他咳嗽是因为吞进了只飞虫？一只飞虫！这简直证明我有多蠢！

詹姆斯说：“来吧，阿里·梅，让我们进去坐下。”但我不肯走，我要站在这里，让露丝想嚷多久就嚷多久。她有这个权力。

然而，令我惊讶的是，露西尔插嘴道：“等等，露丝·威尔斯！阿里·梅又不是你哥哥的保姆！如果他跟着她跑到山里，那又不是她的错，对不对？我很遗憾他生病了，但是如果你问他要不要再这样做，我想他会说要！”

我告诉你，卡罗琳表妹，露丝的嘴巴张成了一个大大的O型，她冷冰冰地盯了露西尔一眼。

我也瞪回去，我瞪着露丝，好像露西尔拉着我的肩膀把我摇醒了，就像她说的，汤姆做的每件事，都是因为他想那样做。我想起在小溪那次，他甚至面对着一只熊也不肯后退。他的腿和心脏可能都不太好，但是这都没法阻挡他全力以赴做自己想做的事情。

也许我并不愚蠢，也许有时汤姆就是个不计后果的傻瓜。

但他还是我真正的朋友。

露丝的鼻子翘上了天，就好像露西尔的话一钱不值似的。然后她转向我说：“汤姆让我告诉你他把本子弄丢了，需要你帮他找回来。他说你知道是什么意思。”

然后她转过身，走出房间。看着她走后，詹姆斯说：“她总是要找别人麻烦，我估计这样没多少人会多喜欢她的。”

“我喜欢她，”露西尔说，她拍了拍袖子，拍掉一块脏印子，“我只是觉得，她因为汤姆的事责怪阿里·梅没道理。他要回家又不是她的错。”

正是这句话击中了我。汤姆已经回家了。如果汤姆不在的话，我又要跟谁去冒险呢？谁能帮助我收集那些有趣的故事呢？

“来吧，阿里·梅，”哈兰说道，拉住我的手，“我们去前排找个座位，好听得清楚点。”

我们所有孩子都跑去坐到房间最前头，正对着舞台中央，在妈妈唱歌、爸爸拉小提琴的位置的前方。詹姆斯坐在我左边，哈兰坐在我右边，我们一坐下，妈妈就过来把小约翰放在我膝盖上。我紧紧地抱着他，希望贴近他的身体可以让我的心不那么疼。

妈妈和爸爸来到舞台上，妈妈看起来真美，虽然她的衣服都是自己做的，而不是在巴尔的摩伊格街的格林女士那儿定做的。她唱了所有我们最爱的歌曲，比如《巴博瑞·爱伦》和《罗斯孟德女士》，老爸在她身后拉着小提琴。我们几个孩子互相依偎着，让音乐在身旁流淌，一开始我们感觉很骄傲，后来完全沉浸到歌声中了……我们知道我们拥有很多财富，卡罗琳表妹，尽管我们一贫如洗。

但是，我的心还是碎了，而且我害怕它再也不会好了。

你的表姐

阿里·梅·斯帕克斯

第18封信

亲爱的卡罗琳表妹：

这天早晨我醒来后，脑海里只有一个念头，就是去找汤姆的小本子。我悄悄翻下床去找詹姆斯，生怕弄醒了露西尔和小约翰。如我所愿，詹姆斯还在房间里睡觉。我在边上戳了他好几下，然后悄悄在他耳边说“嘘！”他的眼睛一下子就睁开了。

“如果你帮我做早晨的家务活儿，我就帮你做下午的，”我轻轻地说，“如果妈妈问我去干什么了，就说我去捡黄樟树皮了。”

“你真的是去捡树皮吗？”詹姆斯半睡半醒地问道。

“我会去捡点儿的。”

詹姆斯“哼”了一声，说：“那行。”就又翻过去睡了。

我穿过院子走向树林，清晨的露珠浸湿了我的鞋子。我知道首先应该去詹妮姑妈那儿找找。我记得最后是在那儿我把本子递给了汤姆，然后他就放在身后的床上，也许后来他忘记把它塞回裤子口袋里了，本子就留在了那里。我相信，詹妮姑妈一定会替我们好好保管，等着我们敲门来取它。

我像小野兔一样，迅速从林间穿过，朝着朝圣角的方向跑去，期待能马上找到汤姆的小本子，这样今天就可以寄给他了。如果他能够在病床上阅读那些他在大山里记录的故事，一定会好受些的，我就是这么觉得的。我多希望昨天晚上他也在这里听妈妈唱歌！他一定会记满很多页，写下那些讲述着阴谋、爱情和坟墓的老歌。

当我走到萨里女士家附近时，我想是不是该停下来打个招呼，不过我担心会影响坎贝尔牧师写周日训诫词，萨里女士说这是他每天早晨起来做的第一件事，有时候他带着一张纸和一支笔在户外散步，希望大自然可以把上帝的启示传递给他。

当我听到小路上一阵窸窣声时，我猜可能是坎贝尔牧师出来散步和写作了。但是我突然看到点什么——像阳光下的硬币一样闪闪发亮的东西。

“我迷路了，你可以帮我找到回家的路吗？”是一个女孩，一个闪闪发亮的女孩。她穿着一件干净柔软的白裙子，

好像是今天早晨刚刚做好的。她看到我就对我笑。

“奥兹？”我完全僵住了。

“你认识我？”女孩问道，笑容更灿烂了。“那你认识我妈妈吗？她的名字叫詹妮·奥德姆，住在朝圣角附近。”

“我认识她。”我颤抖地回答道，“我正要去那儿呢。”

“那你可以给我带路吗？”

我全身都在颤抖，却仍然肯定地回答说：“我可以给你带路，奥兹。”

只不过，是她一路蹦蹦跳跳地走在前面，而我一路快走试着跟上她，有几次她从我视线里消失了，我以为跟丢了，结果过一会儿她又出现了，等着我追上来，笑容满面。

我们到了山坡上，可以看到烟圈从詹妮姑妈的烟囱里冒出来。“你妈妈就住在山脊那边，”我告诉奥兹，“我们马上就到了。”

“谢谢你，阿里·梅。”她说完就消失不见了。

我的心在胸腔里怦怦直跳，好像要跳出来了。

天啊！我的腿在发抖，全身忽冷忽热。

“奥兹！”我叫道，“奥兹，你在哪里？”

没人回答。我四周看看，她真的不在了。我一个人站在一片空地里，只听到松鼠的聒噪和鸟儿的细语。我真的看到了奥兹·奥德姆的鬼魂了？还是因为我失去了好朋友汤姆·威尔斯，脑子都有点儿混乱不清了？

这时，我看到空地中间有个老树桩，我想在上面坐一会儿，理清一下思路、平静一下呼吸再去詹妮姑妈家，但当我走到树桩那儿时，我看到有样东西放在上面。

噢，是汤姆的小本子，奥兹一路领着我找到这里。

我马上捡起本子紧紧握在手里！就好像握住了汤姆的一部分。它怎么跑到这里来了？我检查了一下，发现本子边缘有点儿湿了，或许是因为它躺在草丛里，沾了些清晨的露水。

“奥兹？”我又叫道。这次有人回答：“阿里·梅？”

只不过那不是奥兹，而是詹妮姑妈。

她走到空地上，弯着腰驼着背，拄着一根拐杖。“你们上次来的时候，汤姆把这个本子丢在我家里了。”她看见我就对我说道，“昨天下午，我本想把它送到萨里女士家里去，这样她就可以替我交给汤姆，不过我后来感到好奇，想看看，就坐在这个老树桩上读了起来。可能把它落在这儿了。没有弄坏吧？”

“没有，就是有点儿湿了。”我摇摇头。

“你早晨过来的时候看见奥兹了吗？”

“看到了，我好像看到一个人——或者一个鬼魂？”

“哦，那就是奥兹。我看见她从窗子前跑过。”詹妮姑妈慢慢地放低身子，小心地坐在老树桩上。

我坐到她旁边，说：“您看见她不害怕吗？”

“阿里·梅，我已经有一百岁了。没什么事儿能吓着我了。我只是希望她能够到另一个世界去，和她爸爸在一起。我让她过去，但她似乎更喜欢待在这边。”

我握着汤姆的本子，看着它，说：“汤姆生病了，必须回巴尔的摩去。我想有一半是我的错，我知道他的心脏不好，不能爬山，尽管他告诉我没事。你不知道他想做什么的时候可顽固了。”

“每个人都时不时说点谎。汤姆也是这样。他来这儿不是你的错，阿里·梅。他做了自己想做的事情。现在，你打算怎么处理这个小本子呢？”

“交给她妹妹，让她带给汤姆。”我随意翻了几页，读了几行，“尽管我根本不知道，她会不会带给他，这里面全是鬼故事，而她最讨厌鬼故事了。也许应该寄给汤姆。”

“这里写着他的地址，”詹妮姑妈说，“在内封上，圣保罗街 1306 号。你可以把本子邮寄给他，每个人都喜欢从邮递员手里收到寄给自己的信。”

我马上知道该怎么做了。“我真希望我手上有支铅笔，汤姆总是随身带着一支铅笔，随时记下各种故事，这样他就不会忘记了，我也不想忘记我要讲的故事。”

我简直不能相信自己的眼睛，詹妮姑妈竟然从耳朵后面抽出汤姆的铅笔，然后递给我。接着，她拄着拐杖慢慢站起来，说：“我想该让你一个人待会儿。你下次来看我的时候，多带点儿绿色蔬菜。”

“我明天就来。”我保证道。我打开汤姆的本子，在第一张空白页上写下遇见奥兹的故事，写完后我偷偷哭了一小会儿，我多希望汤姆也能看到她啊。

你的表姐

阿里·梅·斯帕克斯

第19封信

亲爱的卡罗琳表妹：

我觉得我这辈子再也跳不动舞了，就算有人给我一大笔钱也不行。昨天晚上我们一直跳啊跳啊直到脚趾都要掉下来。孩子们跳了一阵子就开始发疯，简直不是跳舞而是在谷仓里乱跑、乱唱、乱叫，玩着“砸砸打打”的游戏，互相追逐。通常我们这样发起疯来，大人就会叫我们停下、坐好，但是昨天晚上大家都太高兴了，我们想怎么闹就怎么闹。

大概七点钟时，大家聚在一起，准备好听乔治·D. 海主持的国家谷仓舞频道八点档的节目。昨天晚上好像这一片儿的人都来了，甚至塞西尔·布契南大叔也在他几个已经长大成人的孙子的陪同下来了。

八点整，爸爸打开收音机，乔治·D. 海的声音传出来：“欢迎大家，欢迎，欢迎！我们正在伊利诺伊州芝加哥的一个老谷仓里。周六晚上，新一期美国谷仓舞之夜即将开始！”每个人都兴奋地大喊，尤其是孩子们。当小提琴的声音响起，塞西尔·布契南大叔开始领着大家跳弗吉尼亚里尔舞，他大声叫着舞步“女士们点头，先生们顿脚，前前后后，前前后后！”然后“再往前，双手转圈！”

我们鼓掌、唱歌、跺脚，如果说我的耳朵在跟着塞西尔·布契南大叔走的话，我的眼睛则还留在大门边上。凯勒和皮特曼女士会来吗？妈妈已经邀请过她们了。我不知道如果她们不来的话爸爸会怎么做？自从上周五，他在学校给巴尔的摩来的人表演了小提琴之后，他对民歌采集者的态度就好些了，如果他的好意得不到回报就太遗憾了。

妈妈说有人盯着的锅永远不会沸腾，我想她是对的。就在我把视线从门边移开，准备去拿一杯柠檬汁喝时，凯勒和皮特曼女士进来了。对于她们的到来，人们的反应并不一样，很多人从西尔玛·梅康和她妈妈那里听说了信的事儿，有的人愿意原谅她们，因为这封信写了有一段时间了，而且定居点学校给我们带来了很多美好的东西。所以当她们走进来，思忖着该站在哪里、该和谁聊天的时候，有人点头致意，有人打招呼，但也有人报以冷冰冰的目光，彼此说着悄悄话。

老爸走过去打了个招呼，我觉得他这样做很好。他也听说了皮特曼女士写了那样一封信，但他并不想苛责。詹姆斯跟他说威尔·梅康带来的消息时，他这样说："我估计她刚到这儿的时候，可能的确觉得这里太落后了，尤其是她最先去拜访的两家——尼德菲尔斯家和福克西斯家——是这里最穷的两户了。她觉得我们的生活没有达到世界普遍的标准，也可能是对的。不过这有什么好担心的呢？只要我们达到了自己的标准就好。"

我正想着凯勒和皮特曼女士会不会一起来跳舞，这会儿大家正在跳两种舞，房间中间在跳方块舞，边上在跳木鞋舞。有的人在鞋尖装了塞子，这样每次脚尖触地时都会像小手枪走火一样响亮。两种舞我都喜欢，常常看心情决定跳哪种。有时候我就喜欢用力跺脚，蹦蹦跳跳，这让人感觉很满足，有时候我喜欢找个舞伴，随着音乐慢慢摇摆着身体，就算我的舞伴是哈兰·博伊德都无所谓。

电台节目一个小时就结束了，但是凯勒和皮特曼女士连一个脚指头都没动一下。我每跳一步，都会跺得更加用力，希望我有胆子告诉她们，我觉得她们太傲慢、太自大了。如果她们不想参加舞会的话，还不如干脆不来。

我正自己想得气呼呼的，有几次甚至踩到了哈兰的脚指头，他像狗一样哀嚎着："小心点，阿里·梅！我们又不是在打仗！"

当国家谷仓舞节目结束后，老爸关掉收音机，这时候他和皮考克先生，还有任何带了小提琴、吉他或者班卓琴的人都可以上场了。弹琴的人们聚在一个角落，头低低地垂着，拨动着琴弦，直到奏出美妙的和音。周围的人们笑着、聊着天，准备开始下半场的舞会。有些大男孩偷偷溜走了，去做点这样那样的坏事，有些小孩子一个叠一个地趴在干草堆上睡着了。

"我们要从《老母鸡咯咯叫》开始，"老爸等大家都调好弦时，对围着的人群说道，"这是我最爱的歌曲，希望你们也喜欢。"

你听到《老母鸡咯咯叫》的调子时，简直很难不跳一两步，我们孩子都跑向谷仓中间，甚至那些根本不会跳舞，只会跳上跳下的小孩子。大人则在我们周围拉成一个圈，拍着手，跺着脚，唱着："老母鸡咯咯叫，咯咯咯咯嗒，老母鸡咯咯叫，咯咯咯咯嗒！"

我们孩子们也跳着跑着，拉起手来围成一个不断转动的圆圈，唱着："老母鸡咯咯叫，一边叫一边唱，去年春天之后就没下蛋了呀！"

我们跑得越来越快，突然，有人加入进来拉住我的手，我简直不敢相信——竟然是皮特曼女士！她跟着我们唱着歌词，当一曲结束，她用力拍着手，就像停不下来一样。

“嘿，阿里·梅，”她叫道，还在喘着气，“你爸爸真让我也爱上小提琴了！”

之后她每曲都跟着跳了，你猜怎么样，她那总是扎得紧紧的头发松掉了，几绺鬈发俏皮地盘绕在她的脸颊两侧，上帝啊，皮特曼女士看起来简直像个小姑娘。

我觉得皮特曼女士正需要爱上点像小提琴这样的东西。

今天早晨我们又出发去教堂了，虽然大家跳了一晚上舞都很累。但是妈妈不是那种会说“我们周日早晨就在家里休息一下，别去教堂做礼拜”的人，所以我们全家还是准时出发了。整整一天我都在想皮特曼女士的事儿，我估计她会为写了那样的话而后悔，你觉得呢？我想当她更了解我们之后，也会觉得自己当初有点儿无知。人们需要点时间来彼此了解，你要给别人讲你的故事，也要聆听别人的故事，来来回回、来来回回的，直到有一天，你们成为真正的朋友。

在那之前，我觉得无论有什么观点都最好不要轻易对别人说。

我还是难以抑制地想念汤姆，我已经给他写了两封信，告诉他自从他离开大山后这里发生的所有事情。我知道汤姆是个喜欢听故事的人，没错。我希望他也是喜欢给别人写信的人，愿意告诉他们一两个自己的故事，不像有些人，总是收信而不回信。

你的表姐

阿里·梅·斯帕克斯

第20封信

亲爱的卡罗琳表妹：

今天早晨去邮局时，我并没有想到会有我的信。虽然我期待着汤姆会给我写信，今天距我给他寄去那个小本子已经十天了。但是，当我走上小路时，我不断提醒着自己，他还在生病，需要休息，或许不能写信，也许我还要等几周才能等到他的消息。

但是，我还是忍不住满心期盼。当艾丽女士看到我时，脸上浮现出大大的笑容，我想一定是的！汤姆一定来信了！我的心脏扑通扑通地跳着，简直太高兴了。

“阿里·梅·斯帕克斯，今天好像圣诞老人来找你了！”她叫道，转过身从柜台后面拿出各种各样的东西。

“都是我的？”我叫道，数出有两个盒子，两个信封，“怎么会这样！”

“不全是你的。”艾丽女士说道，“有一封信是给你妈妈的，是从罗利市寄来的，她不是有亲戚在罗利吗？”

“我妈妈的妹妹住在罗利。”我说，感觉自己身上的汗毛都竖起来了。

艾丽女士把信件和包裹放到我手里，说：“好啦，你现在打开吗？”

我担心只要再看两眼我抱着的这堆东西，就会软成一摊水倒在地板上。“我想我会回家再打开，我喜欢把惊喜多留一会儿。”

“你可真不好玩，阿里·梅！”艾丽女士撅着嘴说，“好吧，我希望你明天回来给我说你收到了什么，听到没有？”

我一路跑回家，仍然不敢多看一眼是谁寄来的信和包裹。“妈妈！”我刚进院子就叫道，“妈妈，有你的一封信！”

妈妈匆匆忙忙从房子里跑出来，怀里还抱着小约翰，露西尔和哈兰跟在她后面。“一封信？谁会给我写信呢？”

“是从罗利市来的，妈妈。”

“从罗利来的！”妈妈双手护住胸口。

“我也收到一封信，不过我不敢看是从哪儿来的，还有两个包裹。”

“包裹是谁寄来的，阿里·梅？”哈兰问道，使劲瞅着我怀里的包裹，“有啥好东西没？”

我看了看，发现一个包裹上面写着：马里兰州，巴尔的摩，圣保罗街1306号，汤姆·威尔斯！另外一个没有退信地址。“一个是汤姆寄来的。”我报告道，“另外一个很神秘，还有一封信。”

“让妈妈先读她的。”露西尔说，把小约翰抱了过来，“妈妈，你就坐在台阶上读，你可以大声读出来，我们就都能听到了。”

“我太紧张了，读不出来。”妈妈说，坐在最高一级台阶上。她小心翼翼地撕开信封，抽出两页纸，她一看到上面的字迹，就哽咽着说：“是安娜的！”她流下眼泪来，然后开始啜泣。

“妈妈，赶快读信吧！”哈兰说，“你等会儿可以哭个够。”

我们都安安静静地坐在台阶上，我好想打开我的包裹和信，但是我觉得应该先让妈妈读她的信。

“好啦，我开始读了。”妈妈说，用围裙擦了擦鼻子，“来自我的妹妹安娜，罗利市。”她开始了，然后又哭了一会儿。

“她说她很想念我，觉得很难受这么长时间没有写信给我。”她停顿了一下，哭了一会儿，又读了几句，说道，“她说她读了阿里·梅写来的每一封信，这些信让她想家想得厉害……她在写下这封信之前，一直没把那些信拿给卡罗琳看，因为……因为在那之前，卡罗琳不知道她在大山里还有亲戚。”

“她不知道有我们这些亲戚？”露西尔哼了两声，“这么没有礼貌，连有一家子表亲都不告诉自己的孩子。”

“嘘，露西尔。”妈妈说，抽了抽鼻子，“安娜说她这些年来一直都做错了，她想尽快回来看看过去的家，可能下个月就来。”这让妈妈又哭了更长的时间，我们都凑过去拍拍她，安慰她。

“她给卡罗琳表妹我的信没有？”我问道，“现在她知道有我们这些亲戚了吗？”

妈妈点点头，说：“安娜说卡罗琳会给你好好写封回信的。你也收到一封信，不是吗，是谁的？”

这会儿，我终于看了我那封信的寄信地址，真的是从北卡罗来纳州的罗利市寄来的。“我想就是这封。”我说，手指有点儿微微发抖，“我想是卡罗琳写来的。”

“读读吧，阿里·梅！”哈兰叫道，“让我们听听罗利的表亲说了些什么！”

但是我没法在他们面前读，我给卡罗琳表妹说过那么多事情，都没和其他人分享过，所以我觉得我们的友谊是很私密的。

“我来打开汤姆的这个包裹怎么样？”我问道，他们都欢呼起来。我打开盒子，里面是一个像汤姆的本子那样的小本子，还有一张便条，写着他觉得自己好多了，给我寄来这个本子，希望我能够记下我遇到的故事。“请告诉我你听到的所有鬼故事，阿里·梅。”他写道，“如果又见到了奥兹，也一定要告诉我。”

“奥兹·奥德姆？”露西尔问道，靠到我身边想自己读，“你看到她了？”

我把便条折起来，说：“我晚点告诉你，现在我们看看另外一个包裹里有什么。”

原来第二个包裹是詹妮姑妈寄的！她给我寄了一份她的菜谱，还写了张便条：“请把腌肉的食谱抄下来寄给汤姆·威尔斯。”

“我想我现在就去抄好了。”我说完站起来，把东西收了起来。我抱了抱妈妈，说：“妈妈，我很高兴安娜姨妈给你写信了。”

妈妈看了我一会儿。“我应该继续联系我的妹妹，可是我放弃得太早了。我很高兴你没有放弃你的表妹，你俩能成为朋友对我来说太重要了。”

卡罗琳表妹，我终于可以坐在床上，开始读你写给我的信了。我简直没法安安静静坐着读，我读之前担心它会很短，客客气气的，尽管信封看起来挺厚的。如果你没啥话跟我说，除了一句“谢谢你的来信，我希望你一切都好”，如果那样我可太难受了。

但是，我们都知道，你的信完全不是这样的。

谢谢你寄来的图画，画得真好，你的脸闪闪发光，看起来特别有活力。看到你的画让我觉得我们好像认识了很多年，一直是好朋友一样。

我很遗憾地说，我们俩长得不太像，不过你和露西尔有着很相似的眼睛，露西尔高兴极了，她说她也要给你写一封长信，告诉你关于她的各种事情，还要给你寄一绺她的头发。你不必非要给她回信，如果你这样做的话，她铁定会成为你忠实的跟班。

谢谢你告诉我你的学校什么样。我觉得我并不想去一所全是女生的学校，尤其是有些女生听起来挺讨厌的。名字叫作贝莎的女孩，听起来就挺惹人厌烦的，你不搭理她真是明智之举。我也很高兴得知你的老师加德纳女士很可爱，而且她很喜欢你。我希望萨里女士的学校也有黑板，那么我们下课的时候也可以像你们那样在墙上敲黑板擦了。

你的信有个部分我读了又读，就是你说我的信让你明白了为什么妈妈的苹果千层蛋糕是你的最爱，还有为什么你总是对一个没去过的地方充满乡愁。我的信让你发现，你和我一样，也是大山里的女孩儿。

这样简直再对不过了，毕竟，你妈妈是大山里长大的女孩儿。我想当你回来拜访时，你就不会再思乡，因为你已经回到家了。

是的，我会带着你做所有你想做的事情，我们可以爬山去詹妮姑妈家，去找奥兹，如果你真的想做猪头腌肉，我相信妈妈一定很乐意教你，不过你一定要先看看菜谱，然后仔细考虑考虑再说。

当然，我们可以和詹姆斯一起去萨里女士那里，看她的百科全书，计划以后去哪儿旅行，我们也可以一起去参加周六晚上的谷仓舞会，我来教你唱《老母鸡咯咯叫》。

露西尔简直等不及让你见见钱德瑞尔，詹姆斯想知道你是不是那种喜欢钓鱼的女孩。我告诉他，我觉得你很可能会喜欢钓鱼。

你来拜访的时候，我们可以进行各种冒险。但你知道我最期待什么吗？就是傍晚和你一起坐在前廊，给你讲我的各种故事，你也给我讲你的故事。从今天开始，我会把你的画

贴在我的床边，每天晚上睡觉前都想着你。我会算着日子直到你到来的那一天。在那天之前，我还是

你的表姐及真正的朋友

阿里·梅·斯帕克斯